Samuel Taylor Coleridge

Gedichte

Englisch und deutsch

Übersetzt
und mit einer Einleitung herausgegeben
von Edgar Mertner

Philipp Reclam jun. Stuttgart

Universal-Bibliothek Nr. 9484-86

Schrift: Linotype Garamond-Antiqua. Printed in Germany 1973
Herstellung: Reclam Stuttgart
ISBN 3-15-009484-4

Einleitung

Samuel Taylor Coleridge (1772–1834), der mit dem zwei Jahre älteren William Wordsworth das große Dioskurenpaar der älteren englischen Romantik bildet, stammte aus der Familie eines Dorfgeistlichen im Westen Englands. Das ist, wie wir seit den Untersuchungen Herbert Schöfflers über *Protestantismus und Literatur. Neue Wege zur englischen Literatur des 18. Jahrhunderts* (Leipzig, 1922) wissen, ein Faktum von nicht geringer soziologischer und geistesgeschichtlicher Bedeutung. Das englische Pfarrhaus des achtzehnten Jahrhunderts hat, nachdem es sich den Ideen der Aufklärung erschlossen hatte, das geistige Klima der englischen Literatur dieser Epoche maßgeblich bestimmt und viel zur Erweiterung eines literarisch interessierten Lesepublikums beigetragen. Für Coleridge ist das insofern nicht unerheblich, als nach seinen eigenen Aussagen in einer Reihe von Briefen, die er später an seinen Freund Thomas Poole schrieb, sein lebenslang verehrter Vater das frühreife Kind in die Welt des Geistes, der Gelehrsamkeit und der Phantasie einführte. Mit diesem Hintergrund mag es auch zusammenhängen, daß Coleridge die Suche nach der religiösen Wahrheit stets als das entscheidende Moment seines ganzen Lebens angesehen hat. Das gilt es nicht nur bei der Betrachtung seiner zahlreichen Prosaschriften, sondern auch bei der Interpretation seiner Dichtung im Auge zu behalten, wie gerade kürzlich erst in einem wohldokumentierten Buch deutlich gemacht worden ist (Basil Willey, *Samuel Taylor Coleridge*, London, 1972).

Obwohl sein Vater starb, als Samuel Taylor, das zehnte und letzte Kind aus dessen zweiter Ehe, erst acht Jahre alt war, muß ein inniges Verhältnis zwischen dem älteren Mann und seinem jüngsten Sohn bestanden haben. Coleridge erinnert sich in einem Brief an Thomas Poole vom 16. Oktober 1797, wie ihm sein Vater an einem klaren Winterabend die Sterne

erklärt hat, daß Jupiter tausendmal größer sei als die Erde und daß die anderen glitzernden Sterne Sonnen seien, um die wiederum Welten kreisten. »Ich lauschte ihm«, fährt Coleridge fort, »mit Entzücken und Bewunderung, aber ohne die geringste Beimischung von Erstaunen oder Unglauben. Denn meine frühe Lektüre von Märchen und Geistergeschichten etc. hatte meinen Geist an das Unermeßliche gewöhnt, und ich habe niemals meine Sinne in irgendeiner Weise als maßgeblich für meinen Glauben angesehen.«
Diese oft zitierte, selbstverständlich nicht naive, sondern stark reflektierte Erinnerung gibt einen Schlüssel an die Hand für das, was von Coleridge als Dichter und auch als Denker zu erwarten ist. Er richtet offenbar schon von frühester Jugend an seinen Blick unbeirrt durch die sinnliche Erfahrung auf das, was er immer wieder das Große oder das Ganze genannt hat, auf das Universum, das nicht nur ein Gewirr vieler kleiner Dinge ist, sondern eine Einheit, in der auch die widerstrebenden Geisteskräfte des Verstandes und der Phantasie zusammenfallen. In demselben Brief wendet sich der fünfundzwanzigjährige Coleridge gegen diejenigen, die den Mangel an Phantasie Urteilskraft und die Unfähigkeit zur Begeisterung Philosophie nennen.
Nicht alles war in seiner Kindheit so glücklich wie das Verhältnis zu seinem Vater. Frühreif und ohne Sinn für kindliche Spiele, war er schon mit acht Jahren – wiederum nach eigener Aussage – ein ›Charakter‹, bei Erwachsenen beliebt und bewundert, sich seiner Ausnahmeposition deutlich bewußt und nicht ohne Verachtung für seine Umwelt, was ihm den Haß und zugleich die Bewunderung seines älteren Bruders Francis eintrug. Man kann geneigt sein anzunehmen, daß sich hier schon Züge seines Wesens ausprägten, die ihm auch später die Erfahrung dauerhafter Freundschaft und Liebe unmöglich machten. Selbst die wichtigste menschliche Beziehung in seinem Leben, seine Freundschaft mit William Wordsworth und dessen Schwester Dorothy, hatte keinen Bestand.

Der ländliche Geburtsort Ottery St. Mary in Devonshire bedeutete offensichtlich für den heranwachsenden Dichter sehr viel weniger als die Natur des nördlichen Seengebietes für den jungen Wordsworth. Seine Phantasie bewegte sich in größeren Räumen und wurde eher durch die Geschichten seiner Bücherwelt angeregt als durch die Erfahrungen, die er in seiner Umgebung machte. Selbst die Phantasiegebilde seiner späteren Gedichte verdanken dem ländlichen Geisterglauben seiner Heimat so gut wie nichts, sondern das meiste seinen überaus weitgespannten literarischen Kenntnissen. Das bemerkenswerte Buch des amerikanischen Literarhistorikers John Livingston Lowes, *The Road to Xanadu* (1927), das auf mehr als 600 Seiten das Ziel verfolgt, die Entstehung der beiden berühmtesten Gedichte Coleridges, »The Ancient Mariner« und »Kubla Khan«, nachzuzeichnen, gibt einen Eindruck von der gewaltigen Belesenheit als dem wahren Quellbezirk seiner dichterischen Phantasie.

Das Sonett an den heimatlichen Fluß Otter, ein frühes Gedicht, das noch nicht unter dem Einfluß Wordsworths steht, kann – obwohl von späteren Landschaftsschilderungen weit übertroffen – dennoch als charakteristischer Ausdruck seiner dichterischen Sensibilität genommen werden. Denn es ist nicht spontaner Respons auf eine vertraute und liebe Landschaft oder gar – wie die Natureindrücke in Wordsworths Gedichten – Erinnerung an markante, durch die Natur vermittelte Erlebnisse, an die Konfrontation mit einer konkret gefühlten Macht, mit der sichtbaren Verkörperung eines erhabenen Geistes. Vielmehr manifestiert sich in ihm vornehmlich die literarische Tradition; Muster unmittelbarer Vorgänger wie W. L. Bowles und Thomas Warton, die beide Sonette an Flüsse gerichtet haben, lassen sich erkennen, wie denn auch genaue Naturbeschreibung, stamme sie nun aus direkter Beobachtung oder dichterischer Konvention, und das sehnsüchtige Heraufbeschwören kindlicher Visionen nicht gerade selten anzutreffende Bestandteile englischer Lyrik des achtzehnten Jahrhunderts waren. Coleridge hat das Thema

zwar nicht sehr originell, doch ansprechend zu gestalten gewußt; aber er fand in den kindlichen Impressionen der heimischen Natur nicht jene spezifische Nuance, die das unverkennbar neue, romantische Element in der Naturdichtung Wordsworths ausmacht. Es ist nicht zu übersehen, daß Coleridge später nach der Bekanntschaft mit Wordsworth den Erscheinungen der Natur sehr viel mehr an unmittelbar überzeugender Aussagekraft und tieferer Bedeutung abzugewinnen wußte; das beweist schon ein flüchtiger Blick auf Gedichte wie »Diese Lindenbaumlaube« oder »Frost um Mitternacht«. Aber der Charakter seiner Dichtung wird auch zu dieser Zeit weniger durch Beobachtung der Natur als durch visionäre Schau bestimmt. Wordsworth hat den Unterschied zu seiner eigenen Dichtung deutlich erfaßt und damit bestätigt, was Coleridge selbst über den geringen Einfluß der sinnlichen Erfahrung auf seine Vorstellungswelt in dem bereits erwähnten Brief an Th. Poole sagte: »Coleridge stand nicht unter dem Einfluß äußerer Gegenstände. Er hatte die außerordentliche Fähigkeit, ein Bild oder eine Reihe von Bildern in seinem eigenen Geist heraufzubeschwören.«
So ist ein Grundgesetz seiner Dichtung bereits von Anfang an vorgezeichnet. Nach dem Tode des Vaters erhielt er einen Freiplatz auf der Londoner Schule Christ's Hospital, wo er neun Jahre zubrachte. Harte Zucht und spartanische Lebensbedingungen waren in den damaligen Schulen üblich. Coleridge selbst, der immer ein gewisses Vergnügen darin fand, sein eigenes Elend in lebhaften Farben zu schildern, aber auch Wordsworth und vor allem sein Mitschüler Charles Lamb, der 35 Jahre nach der Schulzeit einen seiner berühmten *Essays of Elia* der Erinnerung an die Schultage widmete, gefallen sich darin, das Bild eines unglücklichen Jungen zu entwerfen. Lamb spricht von dem niedergeschlagenen, trübsinnigen, einsamen, halb verhungerten, armen Waisenkind, während Wordsworth in seinem autobiographischen Gedicht *The Prelude* sich den ins Exil der gewaltigen Stadt einge-

sperrten Schuljungen mit dem blauen Rock und den gelben Strümpfen der damaligen Schuluniform vorstellt, der, auf dem Dach des Schulhauses liegend, die Wolken betrachtet und sich in die lebendige Schönheit seiner heimatlichen Landschaft zurückversetzt. Unter dem Einfluß Wordsworths sieht sich auch Coleridge in dem Gedicht »Frost um Mitternacht« als den Schuljungen, den Tag und Nacht Träume von dem Heimatdorf und dem alten Kirchturm und vom ländlichen Aberglauben darüber hinwegtrösten müssen, daß er in düsteres Gemäuer eingepfercht ist und von der Natur nur Himmel und Sterne sehen kann.
Das stammt aus einer späteren Sicht und ist zweifellos stark übertrieben. Angesichts des unsteten und gar nicht lokalisierbaren Coleridge kann man sich nur schwer des Verdachts erwehren, daß das so ausdrücklich betonte Gefühl für seine Heimat eine unbewußte Konzession des Dichters an die Naturauffassung des bewunderten Wordsworth gewesen ist. Im Grunde konnten ihm Schule und Großstadt gerade das bieten, was sein anspruchsvoller Intellekt und seine geistige Entwicklung am dringendsten verlangten. Die Schule, eine Humanistengründung aus dem sechzehnten Jahrhundert, gehörte zu den besten des Landes, und der schnell aufgestiegene Coleridge hatte zwar wie die anderen unter der strengen Disziplin des tyrannischen, aber weithin gelobten Lehrers James Boyer zu leiden, wurde aber von ihm in den Geist des alten und neuen Abendlandes so gründlich und so tief eingeführt, daß er ihm in seiner *Biographia Literaria* Seiten dankbarer Erinnerung widmete. Über die Schule hinaus las er, schon damals unersättlich in seinem Bücherkonsum, systematisch jedes Buch einer Leihbibliothek, für die er eine Lesekarte erhalten hatte. Er hatte Bekannte in der Stadt und gewann Freunde; er hatte Bewunderer und sogar Schüler unter den jüngeren Schulkameraden. Denn darin stimmen alle Berichte seiner Zeitgenossen überein, daß er einen unwiderstehlichen Charme besaß und daß er nicht nur viel, sondern faszinierend reden konnte. Wie der alte Seemann

am Anfang des gleichnamigen Gedichts einen Fremden gegen dessen Willen in seinen Bann zieht, so konnte Coleridge stets, und zwar schon in seiner Schulzeit, seine Zuhörer gefangennehmen, ob er nun – wie uns Lamb mitteilt – über Plotin sprach oder Homer zitierte.

Die Schule unterstützte seine Neigung zur Philosophie und Metaphysik, die er später dafür verantwortlich machte, daß der Strom dichterischer Phantasie in ihm versiegte. Neuplatonische und mystische Gedanken und Spekulationen begeisterten ihn. Hinzu kamen gegen Ende der Schulzeit die Ideen der Französischen Revolution, die zunächst auf ihn wie auf viele Engländer einen tiefen Eindruck machten. Eines seiner frühesten Gedichte behandelt die Zerstörung der Bastille. Mehr und mehr verschrieb er sich politischen und religiösen Vorstellungen, die ihn in den Geruch eines Rebellen kommen ließen. Die erste Fassung der Elegie auf den frühen Tod des Dichters Chatterton, die Boyer für so gut hielt, daß sie in das »Goldene Buch« der besten Schülerkompositionen eingetragen wurde, enthielt deutlichere Hinweise auf die Protesthaltung des jungen Coleridge als die fünf Jahre später veröffentlichte Version, auch wenn die letztere mit einem Ausblick auf die freie Gesellschaft endet, die Coleridge mit seinen Freunden in Amerika zu begründen gedachte.

Als er 1791 mit einem Schulstipendium das Jesus College in Cambridge bezog, verstärkten sich diese Tendenzen. Er bekannte sich zum Unitarismus, einer schon seit Jahrhunderten bestehenden Bewegung, in der neuerdings religiöse und politische Überzeugungen zusammenflossen. Die Unitarier leugneten das Dogma der Dreieinigkeit, sprachen Christus die Göttlichkeit ab und suchten alles Übernatürliche aus dem christlichen Glauben zu entfernen; politisch waren sie Freunde der Französischen Revolution und Republikaner. Später hat Coleridge betont, daß er zwar religiös ein Unitarier gewesen sei, in der Philosophie aber an die Trinität des Guten, Wahren und Schönen glaubte, was die Verse von

1793, die in der vorliegenden Auswahl als Motto dienen, deutlich beweisen.
Die unvermeidlichen Konflikte mit der herrschenden orthodoxen und konservativen Meinung wurden nach Ausbruch des Krieges mit Frankreich brisant. 1793 kam es in Cambridge zu Unruhen, als ein Tutor des Jesus College, der Coleridge stark beeinflußt hatte, wegen seiner Gesinnung von der Universität verwiesen wurde. Zu dieser Zeit stand es allerdings mit Coleridges Studium und seiner inneren Verfassung nicht mehr gut. Er hatte über seine Verhältnisse gelebt und Schulden gemacht. Sein Gesundheitszustand war angegriffen. In den Briefen aus Cambridge hören wir zum ersten Mal, daß er gegen seine rheumatischen Schmerzen Opium nahm, damals eine durchaus übliche Medizin, die ihn allerdings später ruinieren sollte. Gegenüber seinem Bruder George als dem Repräsentanten der Familie mußte er sich wegen seiner Gesinnung rechtfertigen. Seine Liebe zu Mary Evans, in deren elterlichem Haus er in London verkehrt hatte, wurde nicht erwidert. Ein erhofftes Stipendium bekam er nicht. Nur die Häufung solcher Umstände macht es verständlich, daß er sich, obwohl Kriegsgegner und Parteigänger des revolutionären Frankreich, bei den königlichen Dragonern als Rekrut anwerben ließ.
Die militärische Episode dauerte nur wenige Monate. Die Familie löste den zerknirschten jungen Mann aus, und das College nahm ihn ohne ernstliche Strafe wieder auf. Es war nicht das letzte Mal, daß Coleridge trotz seiner Schwächen Sympathien fand und daß Freunde bereit waren, diesem außergewöhnlichen Menschen zu helfen.
Doch aus seinem Studium wurde nichts mehr. Nachdem er bei einem Besuch in Oxford den gleichgesinnten Robert Southey kennengelernt hatte, dem er als das größte Genie mit dem klarsten Urteilsvermögen und dem besten Herzen erschien, ging er mit ihm in dessen Heimatstadt Bristol, um den gemeinsamen Plan der Gründung eines freien Gemeinwesens auf kommunistischer Grundlage in Amerika voran-

zutreiben. Der Name für diese neue Gesellschaft ›Pantisocracy‹ (gleiche Macht für alle) und der Begriff des Aspheterismus (kein Eigentum), den sie damit verbanden, stammten bezeichnenderweise von dem erfindungsreichen Coleridge. Die Mittel für das Unternehmen wollten die jugendlichen Idealisten aus den Erträgen noch nicht geschriebener literarischer Werke aufbringen, was um so schwieriger erscheinen mußte, als sie inzwischen längst den Verdacht, gefährliche Atheisten und Jakobiner zu sein, auf sich gezogen hatten. Als Coleridge schließlich, weniger seinem Herzen als dem Drängen Southeys folgend, 1795 dessen Schwägerin Sara Fricker heiratete, geschah das noch unter dem Eindruck der pantisokratischen Pläne, aber schon nicht mehr mit der Überzeugung, daß sie sich verwirklichen ließen.
Coleridge hatte sich inzwischen durch Schriften und Vorträge theologischen und politischen Inhalts einen Namen gemacht. Sein Denken zielte immer wieder auf die Vereinigung von Verstand und Gefühl, von Kopf und Herz, was ihm damals durch die Übernahme gewisser Denkrichtungen des achtzehnten Jahrhunderts, insbesondere der Assoziationstheorie David Hartleys, am ehesten erreichbar schien. Automatismus und Determinismus dieser Vorstellungswelt standen für ihn nicht im Widerspruch zu seinen transzendenten Impulsen, zu dem Glauben an die Allgegenwart Gottes und zu einer pantheistischen Auffassung der Natur und des Universums. In dem Gedicht »Die Äolsharfe« gibt er der Überzeugung von dem einen Leben in uns und um uns Ausdruck, von der schöpferischen Gewalt Gottes, die alles belebt, so wie der Wind die Saiten der Harfe zum Schwingen bringt, freilich nicht ohne seiner Frau Sara die bekannte Kritik in den Mund zu legen, daß der Mensch nicht über etwas spekulieren solle, was er nicht wissen kann.
Die allgemeine Grundlage seiner damaligen revolutionären Haltung läßt sich in der Verbrüderungsidee des Gedichtes »An einen jungen Esel« erkennen, das Ende 1794 in der liberalen Zeitung *Morning Chronicle* erschien. Selbst wenn

in der späteren Fassung der ursprüngliche Hinweis auf die ›Pantisocracy‹ weggelassen wurde, so ist doch die Aufforderung zur Auflehnung der Armen, die mitten im Reichtum halb verhungern müssen, unüberhörbar. Über das unmittelbare politische Bekenntnis hinaus proklamiert Coleridge ähnlich wie Wordsworth die Bruderschaft zu einer der armseligsten Kreaturen und setzt damit einen Markstein auf dem langen Weg zu der Erkenntnis der Verwandtschaft des Menschen mit allem Kreatürlichen. Man kann darin ebenso wie in der liebend-verständnisvollen Zuwendung zum Kinde – etwa in »Frost um Mitternacht« – Kennzeichen der Romantik sehen.

Den Lebensunterhalt für seine Familie und sich selbst zu verdienen, ist Coleridge selten gelungen. Freunde haben immer wieder für ihn gesorgt, zunächst Thomas Poole, der ihm jährlich eine ansehnliche Summe zukommen ließ, sowie der Verleger und Buchhändler Joseph Cottle in Bristol und später die durch ihre Töpfereiwerkstätten berühmte Familie der Wedgwoods. Auf diese Weise brauchte sich Coleridge nicht in den Frondienst einer Berufsarbeit zu begeben, und sei es die eines unitarischen Geistlichen. So war es auch möglich, daß die enge Freundschaft und dichterische Zusammenarbeit von Coleridge und den beiden Wordsworths, William und Dorothy, zustandekommen konnte; Coleridge wohnte nicht weit von Bristol, in Nether Stowey, und sorgte dafür, daß sich die Wordsworths in Alfoxden, einem Haus in der Nähe des Ortes, einmieteten.

In dieser kurzen Periode der Nachbarschaft, die weniger als ein Jahr dauerte (1797/98), entstanden seine besten Gedichte. Nie wieder hat er die dichterische Inspiration in sich so intensiv gespürt. Hatte er schon früher in kritischer Selbsterkenntnis darüber geklagt, daß seine Dichtung unter einer schweren Last von Ideen und Bildern leide (Brief an Southey vom 11. Dezember 1794), und betonte er später immer wieder, daß der Philosoph in ihm den Dichter völlig in den Hintergrund gedrängt habe, so gelang ihm jetzt eine

Synthese, die ihn zur Konzeption einiger der bedeutendsten Gedichte in der englischen Literatur befähigte.
Zu der Arbeit an den *Lyrical Ballads,* die damals entstanden, gehörte auch eine gewisse Distanzierung von aktuellen politischen Fragen. Dabei hatten beide Dichter noch unter dem Verdacht zu leiden, auf der Seite der Feinde Englands zu stehen, so daß sogar Agenten gegen sie eingesetzt wurden. In der Tat waren sie nach wie vor Gegner der konservativen Politik Pitts, den Coleridge noch im Januar 1798 mit dem Gedicht »Feuer, Hunger und Gemetzel« in der *Morning Post* attackierte. Aber ihre Begeisterung für die Französische Revolution hatte sich merklich abgekühlt; und als die Franzosen die Schweiz angriffen, zog Coleridge in der Ode auf Frankreich, die im April 1798 in der *Morning Post* erschien, enttäuscht den Trennungsstrich. Die Ode – weithin überfrachtet und reichlich abstrakt – gehört gewiß nicht zu den großen Werken des Dichters; aber sie macht seine Haltung als Vorkämpfer der Freiheit deutlich. Von den Ideen des revolutionären Godwin, dem er noch 1795 ein Sonett gewidmet hatte, war er schon vorher deutlich abgerückt.
Der Einfluß Wordsworths auf Coleridge war nicht darauf beschränkt, eine neue Sensibilität für die Natur zu wecken, sondern er erstreckte sich auch auf das Problem, das Coleridge sein Leben lang beschäftigte, nämlich die Vereinigung von Fühlen und Denken. Wordsworth, so meinte Coleridge und hat es später in der *Biographia Literaria* (einem der wichtigsten dichtungstheoretischen Werke des neunzehnten Jahrhunderts) ausgeführt, vermochte sie in seiner Dichtung zu erreichen, und er selbst suchte ihm darin zu folgen. Beide waren sich des Unterschiedes ihrer Ansatzpunkte und ihrer Phantasie bewußt, wenn auch die Beschreibung dieser Differenz im Rückblick der viele Jahre später verfaßten *Biographia Literaria* viel an Präzision gewonnen haben mag. Während Wordsworth, so heißt es in dem berühmten Kapitel XIV dieses Buches, alltäglichen Charakteren und Begebenheiten die Bedeutung des Neuen und Außer-

gewöhnlichen zu verleihen beabsichtigte, habe er, Coleridge, versucht, übernatürliche Personen und Ereignisse so eindringlich im Lichte einer inneren Wahrheit darzustellen, daß der Leser bereit sei, seine Skepsis für den Augenblick aufzugeben.

So also entstand »Die Ballade vom alten Seemann«, die, zunächst als Gemeinschaftsarbeit vorgesehen, von Wordsworth mit Recht Coleridge allein überlassen wurde. So schrieb Coleridge ebenfalls in dieser Zeit die lange Geschichte von der Christabel, die in die Gewalt der schönen Zauberin Geraldine gerät, eine Geschichte, die er später trotz mancher Ansätze nicht vollenden konnte. Und so dichtete er das zarte Phantasiegebilde von »Kubla Khan«, dessen angebliche Entstehung im Opiumtraum und fragmentarischer Charakter bis heute umstritten sind. Einige seiner Naturgedichte in dieser Zeit, in denen sich die Naturempfindung auf verschiedene Weise mit dem Glück menschlicher Gemeinsamkeit verbindet, sind bereits erwähnt worden. Aus trivialem Anlaß eines verbrühten Fußes von den in die Natur hinausgewanderten Freunden im »Lindenlaubengefängnis« allein gelassen, weiß er das ekstatische Gefühl göttlicher Immanenz und die Zuneigung zu seinem Freund Charles Lamb in Einklang zu bringen. Die nächtliche Stille in »Frost um Mitternacht« weckt in ihm den Wunsch, die Bildung seines in der Wiege schlafenden Kindes der Natur anzuvertrauen, deren wohltuenden, fast wunderbaren Einfluß auf das Kind er am Ende des Gedichtes »Die Nachtigall« beschreibt. Die »Ängste in der Einsamkeit«, die ihm die Furcht vor einer Invasion einflößt, lassen seine Liebe zur Heimat hervortreten, die stärker ist als alle berechtigte Kritik, die er an seinem Land zu üben hat.

Mit der Reise der Freunde nach Deutschland ging die glückliche Schaffenszeit zu Ende, und nach der Rückkehr 1799 begann sein unstetes Leben, das Schwanken zwischen London, den Wordsworths im Norden und den Freunden im Westen, die zunehmende Abhängigkeit vom Opium, die

Liebe zu Sarah Hutchinson, der Schwägerin Wordsworths, an der seine Ehe endgültig zerbrach. Es entstanden nur noch wenige Gedichte wie etwa die mit »Liebe« überschriebenen Verse, die als Einführung für die unvollendete »Ballade vom dunklen Edelfräulein« gedacht und die durch Sarah Hutchinson inspiriert worden waren. In einem Brief vom September 1800 spricht er davon, daß er die Dichtung ganz und gar aufgeben wolle. Tatsächlich war das letzte wirklich große Gedicht, die »Ode an die Niedergeschlagenheit«, ein Absturz in das Tal des Leidens und der Verzweiflung. In der ersten Fassung an die unerreichbare Geliebte gerichtet, beklagt es den Verlust der Schaffenskraft und damit der Freude. Die Natur erscheint dem Dichter nun kalt und tot; sie kann ihm nur noch geben, was er in sie hineingelegt hat.

Sein Leben zerrann ihm mehr und mehr. Seinen alten Freunden, selbst den Wordsworths, entfremdete er sich. Nach vergeblichen Versuchen, Heilung und Halt zu finden, wurde er erst wieder durch die tatkräftige Hilfe Fremder, die sich seiner annahmen, zu einem erträglichen Dasein zurückgeführt. Im Hause des John Morgan aus Bristol und später des Arztes Dr. Gillman, bei dem er 18 Jahre bis zu seinem Tode wohnte, entkam er dem Fluch des Opiums und gewann seine Schaffenskraft zurück, die sich nun aber fast ausschließlich in zahlreichen Prosawerken niederschlug. Nur selten noch wie im »Garten Boccaccios« trat, von der heilenden Freundeshand der Mrs. Gillman gelenkt, die wehmütige Erinnerung an die üppige dichterische Phantasie der alten Zeit hervor.

Die spekulative Seite der Geistigkeit Coleridges, die den späteren Teil seines Lebens beherrschte und der sein – bis jetzt noch nicht vollständig ediertes – Prosawerk entstammt, ist von seiner dichterischen Phantasie nicht unberührt geblieben. Kants Philosophie z. B., die ihn – wie er 1801 sagte – mit »Riesenhänden« erfaßte, wird von ihm gewissermaßen ihres abstrakten Charakters entkleidet und mit individuellem Gefühl erfüllt. Die echte schöpferische Phantasie, die er »Imagination« nannte, hat für ihn durchaus eine philosophisch-erkenntnistheoretische Bedeutung. Eine solche gedankliche Haltung ist ohne den Einfluß Kants nicht denkbar; doch erreicht Coleridge bald den Punkt, an dem ihn Kants Gedankensystem weniger befriedigt als die romantische Philosophie Schellings, die er allerdings später als materialistisch abgelehnt hat. Bei allem Eklektizismus, den er gegenüber deutschen idealistischen Philosophien an den Tag gelegt hat, kann er als der am nachhaltigsten von Deutschland beeinflußte Denker seiner Zeit bezeichnet werden. Das bezieht sich auch auf die literarische Kritik, in der er praktisch die Akzente für das kommende Jahrhundert gesetzt hat. Die Abhängigkeit seiner Interpretation Shakespeares von August Wilhelm Schlegel ist gelegentlich als geringfügig bezeichnet worden, läßt sich aber nicht bestreiten.

Der Einfluß, den das Denken Coleridges auf das neunzehnte Jahrhundert gehabt hat, kann nicht hoch genug eingeschätzt werden. Wenn es ein Gegengewicht gegen die rationalistischen, positivistischen und agnostischen Tendenzen sowie gegen die rein szientistische »Neutralisierung der Natur« im England des neunzehnten Jahrhunderts gegeben hat, dann ist es nur im Zusammenhang mit der Nachwirkung Coleridges zu erklären. Im Lichte seines Denkens hat sich das Jahrhundert der Naturwissenschaft und Technik den Blick auf das Geistige, das Transzendentale und eine autonome Moral erhalten. Nicht umsonst rechnet ihn daher der Philosoph John Stuart Mill zu den großen Zeugungskräften (»seminal minds«) seiner Zeit.

All das rundet das Bild einer der vielseitigsten geistigen Persönlichkeiten Englands ab. Für seinen Ruhm als Dichter allerdings genügt es, daß er, wie einer seiner Biographen bemerkt, eine Handvoll großer Gedichte hinterlassen hat.

Die Übersetzungen der ausgewählten Gedichte folgen dem Grundsatz einer möglichst großen inhaltlichen Genauigkeit und passen sich so weit wie möglich der Syntax und dem Vers der Originale an. Sie sind daher nur als Verständnishilfe für den englischen Text zu betrachten. Der Herausgeber ist Frau Studienprofessorin Dr. Brita Püschel und Herrn Jürgen Fähse für ihre Mitarbeit zu großem Dank verpflichtet.

Unter dem englischen Text ist das jeweilige Entstehungsdatum der Gedichte angegeben. Die Anmerkungen, die sich auf die Verszahlen beziehen, beschränken sich auf sachliche Erklärungen. Als Textgrundlage für alle Gedichte dient der von Ernest Hartley Coleridge in der Oxford University Press herausgegebene Band *The Poems of Samuel Taylor Coleridge*, der seit 1912 mehrfach neu aufgelegt worden ist und als Standardausgabe gilt.

Die Literatur zu Coleridge und zu seinem dichterischen Werk ist außerordentlich umfangreich. Eine Bibliographie würde weit über den Rahmen dieses Bandes hinausgehen. Deshalb wird nur auf wenige neuere Werke hingewiesen:

Lowes, J. L. *The Road to Xanadu.* London, 1927.

Chambers, E. K. *Coleridge: A Biographical Study.* Oxford, 1938.

Hanson, L. *The Life of S. T. Coleridge. The Early Years.* New York, 1938, repr. 1962.

House, H. *Coleridge.* London, 1953.

Raine, K. *Coleridge.* Writers and Their Work Series, 43. London, 1953, repr. with minor corrections 1967.

Watson, G. *Coleridge the Poet.* London, 1966.

Adair, P. M. *The Waking Dream: A Study of Coleridge's Poetry.* London, 1967.

Yarlott, G. *Coleridge & the Abyssinian Maid.* London, 1967.

Brett, R. L. (ed.). *S. T. Coleridge.* Writers and Their Background. London, 1971.

Willey, B. *Samuel Taylor Coleridge.* London, 1972.

Where'er I find the Good, the True, the Fair,
I ask no names – God's spirit dwelleth there!
The unconfounded, undivided Three,
Each for itself, and all in each, to see
In man and Nature, is Philosophy.

Undated.

Fragment No. 57

Wo immer ich das Gute, das Wahre, das Schöne finde,
Frage ich nicht nach Namen – dort wohnt Gottes Geist!
Die unvermischten, ungeteilten Drei,
Jeden für sich und alle für jeden,
Im Menschen und in der Natur zu sehen, ist Philosophie.

Fragment Nr. 57

Sonnet
To the River Otter

Dear native Brook! wild Streamlet of the West!
   How many various-fated years have past,
   What happy and what mournful hours, since last
I skimm'd the smooth thin stone along thy breast,
Numbering its light leaps! yet so deep imprest
Sink the sweet scenes of childhood, that mine eyes
   I never shut amid the sunny ray,
But straight with all their tints thy waters rise,
   Thy crossing plank, thy marge with willows grey,
And bedded sand that vein'd with various dyes
Gleam'd through thy bright transparence! On my way,
   Visions of Childhood! oft have ye beguil'd
Lone manhood's cares, yet waking fondest sighs:
   Ah! that once more I were a careless Child!

? 1793.

To a Young Ass:
Its Mother being tethered near it

Poor little Foal of an oppresséd race!
I love the languid patience of thy face:
And oft with gentle hand I give thee bread,
And clap thy ragged coat, and pat thy head.
But what thy dulled spirits hath dismay'd,
That never thou dost sport along the glade?
And (most unlike the nature of things young)
That earthward still thy moveless head is hung?
Do thy prophetic fears anticipate,
Meek Child of Misery! thy future fate?
The starving meal, and all the thousand aches

Sonett
An den Fluß Otter

Lieber Bach der Heimat! Wilder kleiner Fluß des Westens! / Wie viele Jahre wechselvollen Geschicks sind vergangen, / welch glückliche und welch traurige Stunden, seit ich zuletzt / den glatten, flachen Stein auf deiner Brust entlangschnellen ließ / und seine leichten Sprünge zählte! Doch so tief / sinken die süßen Bilder der Kindheit ein, daß ich meine Augen / niemals mitten im Sonnenschein schließe, / ohne daß nicht sogleich deine Fluten in all ihren Farben emporsteigen, / der Steg darüber, deine Böschung mit grauen Weiden / und der Sand in deinem Bett, der, vielfarbig geädert, / durch deine klare Durchsichtigkeit schimmerte! Auf meinem Weg, / Bilder aus der Kindheit! habt ihr oft / die Sorgen einsamer Mannesjahre vertrieben und doch törichteste Seufzer geweckt: / ach! wäre ich noch einmal ein sorgloses Kind!

An einen jungen Esel, dessen Mutter in seiner Nähe angebunden ist

Du armes kleines Fohlen einer unterdrückten Rasse! / Ich liebe die müde Geduld deines Gesichts: / Und oft gebe ich dir Brot mit zärtlicher Hand / und klopfe dein zottiges Fell und streichle deinen Kopf. / Doch was hat deinen abgestumpften Lebensgeistern Angst gemacht, / daß du dich niemals auf der Lichtung tummelst? / Und daß (so ganz unähnlich der Art junger Wesen) / dein regungsloser Kopf stets zur Erde niederhängt? / Ahnen deine prophetischen Ängste, / sanftmütiges Kind des Elends! dein zukünftiges Geschick? / Das karge Mahl und all die tausend Schmer-

'Which patient Merit of the Unworthy takes'?
Or is thy sad heart thrill'd with filial pain
To see thy wretched mother's shorten'd chain?
And truly, very piteous is *her* lot –
Chain'd to a log within a narrow spot,
Where the close-eaten grass is scarcely seen,
While sweet around her waves the tempting green!

Poor Ass! thy master should have learnt to show
Pity – best taught by fellowship of Woe!
For much I fear me that *He* lives like thee,
Half famish'd in a land of Luxury!
How *askingly* its footsteps hither bend?
It seems to say, 'And have I then *one* friend?'
Innocent foal! thou poor despis'd forlorn!
I hail thee *Brother* – spite of the fool's scorn!
And fain would take thee with me, in the Dell
Of Peace and mild Equality to dwell,
Where Toil shall call the charmer Health his bride,
And Laughter tickle Plenty's ribless side!
How thou wouldst toss thy heels in gamesome play,
And frisk about, as lamb or kitten gay!
Yea! and more musically sweet to me
Thy dissonant harsh bray of joy would be,
Than warbled melodies that soothe to rest
The aching of pale Fashion's vacant breast!

1794.

zen, / die »stille Tugend vom Unwürd'gen leidet«? / Oder ist dein betrübtes Herz von kindlichem Schmerz durchdrungen, / weil du die kurze Kette deiner unglücklichen Mutter siehst? / Und wirklich, ganz erbärmlich ist *ihr* Los – [15] / auf einem engen Fleck an einen Pflock gekettet, / wo das abgefressene Gras kaum zu sehen ist, / während duftend um sie herum das verlockende Grün wogt!

Armes Eselchen! dein Herr hätte lernen sollen, / Mitleid zu zeigen – das die Gemeinsamkeit der Not am besten lehrt! [20] / Denn ich fürchte sehr, daß *er* wie du lebt, / halb verhungert in einem Land der Verschwendung! / Wie es seine Tritte *fragend* herüberwendet? / Es scheint zu sagen: »Und habe ich denn *einen* Freund?« / Unschuldiges Fohlen! du armes, verachtet und verlassen! [25] / Ich nenne dich *Bruder* – ungeachtet des Spotts der Toren! / Und gerne würde ich dich mitnehmen, um mit dir im Tal / des Friedens und der freundlichen Gleichheit zu wohnen, / wo die Arbeit die Zauberin Gesundheit ihre Braut nennen / und das Lachen die Flanke des Überflusses kitzeln wird, an der man keine Rippe sieht! [30] / Wie würdest du deine Beine werfen in munterem Spiel / und umhertollen wie Lämmer oder ausgelassene junge Katzen! / Ja! und wohlklingender und süßer wäre für mich / dein mißtönendes, rauhes Freudengeschrei / als melodischer Vogelgesang, der den Schmerz in der leeren Brust [35] / der bleichen vornehmen Welt zur Ruhe besänftigt!

Sonnets on Eminent Characters. IX
To William Godwin

Author of 'Political Justice'

O form'd t' illume a sunless world forlorn,
  As o'er the chill and dusky brow of Night,
  In Finland's wintry skies the Mimic Morn
Electric pours a stream of rosy light,

Pleas'd I have mark'd OPPRESSION, terror-pale,
  Since, thro' the windings of her dark machine,
  Thy steady eye has shot its glances keen –
And bade th' All-lovely 'scenes at distance hail'.

Nor will I not thy holy guidance bless,
  And hymn thee, GODWIN! with an ardent lay;
  For that thy voice, in Passion's stormy day,
When wild I roam'd the bleak Heath of Distress,

Bade the bright form of Justice meet my way –
And told me that her name was HAPPINESS.

January 10, 1795.

The Eolian Harp

Composed at Clevedon, Somersetshire

My pensive Sara! thy soft cheek reclined
Thus on mine arm, most soothing sweet it is
To sit beside our Cot, our Cot o'ergrown
With white-flower'd Jasmin, and the broad-leav'd Myrtle,
(Meet emblems they of Innocence and Love!)
And watch the clouds, that late were rich with light,

Sonette an bedeutende Persönlichkeiten. IX
An William Godwin

Verfasser von ›Political Justice‹

O geschaffen, um eine sonnenlose, elende Welt zu erleuchten, / wie über die kalte und düstere Stirn der Nacht / in Finnlands winterlichen Himmeln das Scheinbild des Morgens / elektrisch einen Strom rosigen Lichts ergießt,

voll Freude habe ich UNTERDRÜCKUNG, schreckensbleich, gesehen, / seit dein festes Auge durch die Windungen ihrer dunklen Maschinerie / seine durchdringenden Blicke geworfen hat – / und aufrief, die Szenen von vollkommener Schönheit ›in der Ferne zu grüßen‹.

Auch will ich es nicht unterlassen, deine heilige Führung zu segnen, / und dich, GODWIN! mit einem glühenden Lied zu preisen; / weil deine Stimme in den stürmischen Tagen der Leidenschaft, / als ich ziellos über die öde Heide der Trübsal irrte,

die leuchtende Gestalt der Gerechtigkeit meinen Weg kreuzen ließ – / und mir sagte, daß ihr Name GLÜCK sei.

Die Äolsharfe

Geschrieben in Clevedon, Somersetshire

Meine nachdenkliche Sara! Wenn du deine sanfte Wange / so auf meinen Arm lehnst, ist es höchst besänftigend und schön, / neben unserer Hütte zu sitzen, unserer Hütte, / von weiß-blühendem Jasmin überwuchert und der breitblättrigen Myrte / (sie, die wahren Symbole der Unschuld und der Liebe!), / und die Wolken zu beobachten, die gerade noch

Slow saddening round, and mark the star of eve
Serenely brilliant (such should Wisdom be)
Shine opposite! How exquisite the scents
Snatch'd from yon bean-field! and the world *so* hush'd!
The stilly murmur of the distant Sea
Tells us of silence.
And that simplest Lute,
Placed length-ways in the clasping casement, hark!
How by the desultory breeze caress'd,
Like some coy maid half yielding to her lover,
It pours such sweet upbraiding, as must needs
Tempt to repeat the wrong! And now, its strings
Boldlier swept, the long sequacious notes
Over delicious surges sink and rise,
Such a soft floating witchery of sound
As twilight Elfins make, when they at eve
Voyage on gentle gales from Fairy-Land,
Where Melodies round honey-dropping flowers,
Footless and wild, like birds of Paradise,
Nor pause, nor perch, hovering on untam'd wing!
O! the one Life within us and abroad,
Which meets all motion and becomes its soul,
A light in sound, a sound-like power in light,
Rhythm in all thought, and joyance every where –
Methinks, it should have been impossible
Not to love all things in a world so fill'd;
Where the breeze warbles, and the mute still air
Is Music slumbering on her instrument.

And thus, my Love! as on the midway slope
Of yonder hill I stretch my limbs at noon,
Whilst through my half-clos'd eye-lids I behold
The sunbeams dance, like diamonds, on the main,
And tranquil muse upon tranquillity;
Full many a thought uncall'd and undetain'd,
And many idle flitting phantasies,

voller Licht waren, / wie sie langsam rundum trübe werden, und zu sehen, wie der Abendstern, / der gelassen strahlt (so sollte die Weisheit sein), / da drüben leuchtet! Wie köstlich die Düfte, / aufgefangen von dem Bohnenfeld dort! Und die Welt *so* gedämpft! [10] / Das leise Rauschen des fernen Meeres / spricht uns von Stille.
Und die ganz schlichte Harfe dort, / die in ihrer Länge vom Fensterrahmen gehalten wird, horch! / wie sie, von der flüchtigen Brise gestreichelt, / wie ein sich zierendes Mädchen, das sich halb dem Geliebten hingibt, [15] / solch süßen Tadel hervorbringt, daß er unausweichlich / verlockt, das unrechte Tun zu wiederholen! Und nun, da ihre Saiten / kühner geschlagen werden, steigen und fallen die langgezogenen Tonfolgen / auf lieblichen Wogen; / das ist ein solch sanft dahinfließender Zauber von Klängen, [20] / wie ihn die Elfen in der Dämmerung machen, wenn sie am Abend / auf milden Winden aus dem Feenland reisen, / wo Melodien um honigtropfende Blumen, / ruhelos und wild wie Vögel aus dem Paradies, / weder innehalten noch sich niederlassen, auf ungebändigter Schwinge schwebend! [25] / Oh! das eine Leben in und um uns, / das alle Bewegung aufnimmt und zu ihrer Seele wird, / ein Licht im Klang, eine Kraft wie ein Klang im Licht, / Pulsschlag in allem Denken und Freude überall – / mir scheint, es sollte unmöglich sein, [30] / die Welt in ihrer ganzen Fülle nicht zu lieben; / wo der Wind wie ein Vogel singt und die stumme, stille Luft / Musik ist, die auf ihrem Instrument schlummert.

Und so, meine Liebste! wenn ich mitten auf dem Abhang / des Berges dort drüben mittags meine Glieder ausstrekke, [35] / während ich durch die halbgeschlossenen Lider / die Sonnenstrahlen tanzen sehe wie Diamanten auf dem Meer / und voll Ruhe über die Ruhe nachsinne; / dann gehen mir gar manche nicht gerufenen und nicht zurückgehaltenen Gedanken / und viele müßig vorüberhuschenden Träume-

Traverse my indolent and passive brain,
As wild and various as the random gales
That swell and flutter on this subject Lute!

And what if all of animated nature
Be but organic Harps diversely fram'd,
That tremble into thought, as o'er them sweeps
Plastic and vast, one intellectual breeze,
At once the Soul of each, and God of all?

But thy more serious eye a mild reproof
Darts, O belovéd Woman! nor such thoughts
Dim and unhallow'd dost thou not reject,
And biddest me walk humbly with my God.
Meek Daughter in the family of Christ!
Well hast thou said and holily disprais'd
These shapings of the unregenerate mind;
Bubbles that glitter as they rise and break
On vain Philosophy's aye-babbling spring.
For never guiltless may I speak of him,
The Incomprehensible! save when with awe
I praise him, and with Faith that inly *feels*;
Who with his saving mercies healéd me,
A sinful and most miserable man,
Wilder'd and dark, and gave me to possess
Peace, and this Cot, and thee, heart-honour'd Maid!

1795.

Monody on the Death of Chatterton

O what a wonder seems the fear of death,
Seeing how gladly we all sink to sleep,
Babes, Children, Youths, and Men,
Night following night for threescore years and ten!

reien / durch mein schläfriges und träges Gehirn, / so wild und wechselvoll wie die ziellosen Winde, / die über diese ihnen ausgesetzte Harfe wehen!

Und was wäre, wenn die ganze belebte Natur / nichts ist als lebendige, verschieden geformte Harfen, / deren Schwingungen zu Gedanken werden, wenn über sie, / schöpferisch und unermeßlich, der eine Geisteshauch streicht, / der zugleich die Seele jeder einzelnen ist und der Gott aller?

Doch dein ernsthafterer Blick wirft einen sanften Tadel auf mich, / o geliebte Frau! Auch weist du solche Gedanken zurück, / die unklar und unheilig sind, / und heißt mich in Demut auf Gottes Wegen gehen. / Sanftmütige Tochter in der Familie Christi! / Richtig hast du gesprochen und fromm / diese Gebilde des verderbten Geistes getadelt; / Wasserblasen, die glitzern, wenn sie aufsteigen und zerplatzen / auf dem immer schwatzenden Quell der eitlen Philosophie. / Denn niemals darf ich schuldlos von ihm sprechen, / dem Unbegreiflichen! außer wenn ich ihn in Ehrfurcht / preise und mit dem Glauben, der zuinnerst *fühlt.* / Ihn, der mich mit seiner rettenden Gnade heilte, / einen sündigen und ganz elenden Menschen, / verwirrt und im Dunkeln, und der mir zu eigen gab / den Frieden und diese Hütte und dich, von Herzen verehrtes Mädchen!

Monodie auf den Tod Chattertons

O wie wunderlich scheint die Furcht vor dem Tode zu sein, / wo wir doch sehen, wie froh wir alle in den Schlaf sinken, / Säuglinge, Kinder, Jünglinge und Männer, / Nacht für Nacht, siebzig Jahre lang! / Doppelt seltsam jedoch, wo das

But doubly strange, where life is but a breath
To sigh and pant with, up Want's rugged steep.

Away, Grim Phantom! Scorpion King, away!
Reserve thy terrors and thy stings display
For coward Wealth and Guilt in robes of State!
Lo! by the grave I stand of one, for whom
A prodigal Nature and a niggard Doom
(*That* all bestowing, *this* withholding all)
Made each chance knell from distant spire or dome
Sound like a seeking Mother's anxious call,
Return, poor Child! Home, weary Truant, home!

Thee, Chatterton! these unblest stones protect
From want, and the bleak freezings of neglect.
Too long before the vexing Storm-blast driven
Here hast thou found repose! beneath this sod!
Thou! O vain word! *thou* dwell'st not with the clod!
Amid the shining Host of the Forgiven
Thou at the throne of mercy and thy God
The triumph of redeeming Love dost hymn
(Believe it, O my Soul!) to harps of Seraphim.

Yet oft, perforce ('tis suffering Nature's call),
I weep that heaven-born Genius *so* should fall;
And oft, in Fancy's saddest hour, my soul
Averted shudders at the poison'd bowl.
Now groans my sickening heart, as still I view
        Thy corse of livid hue;
Now Indignation checks the feeble sigh,
Or flashes through the tear that glistens in mine eye!

Is this the land of song-ennobled line?
Is this the land, where Genius ne'er in vain
        Pour'd forth his lofty strain?
Ah me! yet Spenser, gentlest bard divine,

Leben nichts ist als ein Atemholen / zum Seufzen und Keuchen, den rauhen Abhang der Not hinauf.

Fort, finsteres Wahngebilde! Skorpionenkönig, fort! / Bewahre deinen Schrecken und zeige deinen Stachel / dem feigen Reichtum und der Schuld im Staatsgewand! / Siehe! am Grabe eines Menschen stehe ich, für den / eine verschwenderische Natur und ein geiziges Geschick / (*Jene* schenkte alles, *dieses* versagte alles) / jedes zufällige Totengeläut von Kirchturm oder Kuppel aus der Ferne / wie den bangen Ruf einer suchenden Mutter klingen ließen: / Komm zurück, armes Kind! Nach Hause, müder Ausreißer, nach Hause!

Dich, Chatterton! schützen diese ungeweihten Steine / vor Not und der trostlosen Kälte der Nichtachtung. / Zu lange vor dem peinigenden Sturmwind umhergetrieben, / hast du hier Ruhe gefunden! Unter diesem Rasen! / Du! o leeres Wort! *du* wohnst nicht in dem Klumpen Erde! / Inmitten der leuchtenden Heerschar derer, denen vergeben ist, / besingst du am Thron der Gnade und deines Gottes / den Triumph erlösender Liebe / (glaub es, o meine Seele!) zum Harfenspiel der Seraphim.

Doch oft muß ich (von der leidenden Natur gedrängt) / weinen, daß ein dem Himmel entstammender Genius *so* fallen mußte; / und oft, in den trübsten Stunden der Phantasie, / schaudert meine abgewandte Seele vor der Schale mit Gift. / Bald stöhnt mein Herz im Schmerz auf, da ich immer noch / deinen fahlen Leichnam vor mir sehe; / bald hält Empörung den schwachen Seufzer auf / oder blitzt durch die Träne, die in meinem Auge glänzt!

Ist dies das Land, dessen Geschlechter vom Lied geadelt sind? / Ist dies das Land, in dem der Genius nie vergebens / seinen erhabenen Gesang hervorströmen ließ? / Weh mir! und doch legte Spenser, der edelste, göttliche Sänger, /

Beneath chill Disappointment's shade,
His weary limbs in lonely anguish lay'd.
And o'er her darling dead
Pity hopeless hung her head,
While 'mid the pelting of that merciless storm,'
Sunk to the cold earth Otway's famish'd form!

Sublime of thought, and confident of fame,
From vales where Avon winds the Minstrel came.
Light-hearted youth! aye, as he hastes along,
He meditates the future song,
How dauntless Ælla fray'd the Dacyan foe;
And while the numbers flowing strong
In eddies whirl, in surges throng,
Exulting in the spirits' genial throe
In tides of power his life-blood seems to flow.

And now his cheeks with deeper ardors flame,
His eyes have glorious meanings, that declare
More than the light of outward day shines there,
A holier triumph and a sterner aim!
Wings grow within him; and he soars above
Or Bard's or Minstrel's lay of war or love.
Friend to the friendless, to the sufferer health,
He hears the widow's prayer, the good man's praise;
To scenes of bliss transmutes his fancied wealth,
And young and old shall now see happy days.
On many a waste he bids trim gardens rise,
Gives the blue sky to many a prisoner's eyes;
And now in wrath he grasps the patriot steel,
And her own iron rod he makes Oppression feel.

Sweet Flower of Hope! free Nature's genial child!
That didst so fair disclose thy early bloom,
Filling the wide air with a rich perfume!
For thee in vain all heavenly aspects smil'd;

im Schatten frostiger Enttäuschung / seine müden Glieder in einsamer Qual zum Sterben nieder. / Und über seinen lieben Toten / senkte Mitleid ohne Hoffnung sein Haupt, / während »im Toben jenes gnadenlosen Sturms« / Otways ausgemergelte Gestalt in die kalte Erde sank!

Erhaben in Gedanken und des Ruhmes sicher, / kam der Sänger aus den Tälern, wo sich der Avon schlängelt. / Unbekümmerter Jüngling! ja, wie er dahinstürmt, / ersinnt er das zukünftige Lied, / wie der unerschrockene Ælla den dänischen Feind in Furcht versetzte; / und während die Verse kraftvoll hervorfließen / und in Strudeln kreisen, in Wogen drängen, / scheint sein Lebensblut, jauchzend in des Geistes schöpferischen Wehen, / in mächtigen Gezeiten zu fließen.

Und nun flammen seine Wangen in tieferer Glut, / seine Augen strahlen herrliche Bedeutung aus, die kundtut, / daß mehr als das Licht des irdischen Tages in ihnen scheint, / ein heiligerer Triumph und ein ernsteres Ziel! / Im Innern wachsen ihm Flügel; und er hebt sich empor / über des Barden oder Sängers Lied von Krieg oder Liebe. / Freund dem Freundlosen, dem Leidenden Heilung, / hört er der Witwe Gebet, des guten Mannes Lob; / verwandelt den Reichtum seiner Phantasie in Bilder der Glückseligkeit, / und Jung und Alt sollen nun glückliche Tage sehen. / In mancher Einöde läßt er schmucke Gärten emporwachsen, / schenkt den Augen vieler Gefangenen den blauen Himmel; / und nun ergreift er voll Zorn das patriotische Schwert / und läßt die Unterdrückung ihre eigene eiserne Rute spüren.

Süße Blume der Hoffnung! Schöpferisches Kind der freien Natur! / Der du so schön deine frühe Blüte entfaltetest / und die weite Luft mit reichem Duft erfülltest! / Dir lächelte vergebens alles Himmlische; / vor der grausamen Welt konn-

From the hard world brief respite could they win –
The frost nipp'd sharp without, the canker prey'd within!
Ah! where are fled the charms of vernal Grace,
And Joy's wild gleams that lighten'd o'er thy face?
Youth of tumultuous soul, and haggard eye!
Thy wasted form, thy hurried steps I view,
On thy wan forehead starts the lethal dew,
And oh! the anguish of that shuddering sigh!

Such were the struggles of the gloomy hour,
When Care, of wither'd brow,
Prepar'd the poison's death-cold power:
Already to thy lips was rais'd the bowl,
When near thee stood Affection meek
(Her bosom bare, and wildly pale her cheek)
Thy sullen gaze she bade thee roll
On scenes that well might melt thy soul;
Thy native cot she flash'd upon thy view,
Thy native cot, where still, at close of day,
Peace smiling sate, and listen'd to thy lay;
Thy Sister's shrieks she bade thee hear,
And mark thy Mother's thrilling tear;
See, see her breast's convulsive throe,
Her silent agony of woe!
Ah! dash the poison'd chalice from thy hand!

And thou hadst dashed it, at her soft command,
But that Despair and Indignation rose,
And told again the story of thy woes;
Told the keen insult of the unfeeling heart,
The dread dependence on the low-born mind;
Told every pang, with which thy soul must smart,
Neglect, and grinning Scorn, and Want combined!
Recoiling quick, thou badest the friend of pain
Roll the black tide of Death through every freezing vein!
O spirit blest!

te es dich nur kurze Zeit bewahren – / draußen biß der scharfe Frost, drinnen nagte der Wurm! / Ach! wohin ist der Zauber frühlingshafter Anmut entflohen / und der wilde Schein der Freude, der über deinem Gesicht leuchtete? / Du Jüngling mit der ungestümen Seele und dem abgehärmten Blick! / Deine abgezehrte Gestalt, deine hastigen Schritte habe ich vor Augen, / auf deiner bleichen Stirn bricht der tödliche Tau hervor, / und ach! die Pein jenes schaudernden Seufzers!

Das war das Ringen der düsteren Stunde, / als die Sorge mit welkem Antlitz / die todeskalte Kraft des Giftes zubereitete: / Schon war die Schale an deine Lippen gehoben, / als neben dir die sanfte Liebe stand / (den Busen entblößt, verstört und bleich ihre Wangen), / deinen stumpfen Blick hieß sie dich wenden / auf Bilder, die deine Seele sicher lösen könnten; / deine heimatliche Hütte ließ sie vor deinem Blick aufleuchten, / deine heimatliche Hütte, wo stets am Ende des Tages / der Friede lächelnd saß und deinem Liede lauschte; / den Aufschrei deiner Schwester hieß sie dich hören / und deiner Mutter ergreifende Tränen sehen; / sieh, sieh den würgenden Krampf ihrer Brust, / die stille Qual ihres Leids! / Ach! schleudere den Giftbecher aus deiner Hand!

Und du hättest ihn fortgeschleudert auf ihr sanftes Geheiß hin, / hätten sich nicht Verzweiflung und Empörung erhoben / und aufs neue die Geschichte deiner Leiden erzählt; / erzählt von der schneidenden Kränkung durch das fühllose Herz, / der furchtbaren Abhängigkeit von der niedrigen Gesinnung; / erzählt von jedem Schmerz, unter dem deine Seele leiden mußte, / von Nichtachtung, vereint mit grinsendem Hohn und mit Armut. / Du wichst rasch zurück und hießt den Freund des Schmerzes / die schwarze Flut des Todes durch alle erstarrenden Adern rollen! / O seliger Geist! / Ob du nun um des Allmächtigen Thron / in-

Whether the Eternal's throne around,
Amidst the blaze of Seraphim,
Thou pourest forth the grateful hymn,
Or soaring thro' the blest domain
Enrapturest Angels with thy strain, –
Grant me, like thee, the lyre to sound,
Like thee with fire divine to glow; –
But ah! when rage the waves of woe,
Grant me with firmer breast to meet their hate,
And soar beyond the storm with upright eye elate!

Ye woods! that wave o'er Avon's rocky steep,
To Fancy's ear sweet is your murmuring deep!
For here she loves the cypress wreath to weave;
Watching with wistful eye, the saddening tints of eve.
Here, far from men, amid this pathless grove,
In solemn thought the Minstrel wont to rove,
Like star-beam on the slow sequester'd tide
Lone-glittering, through the high tree branching wide.
And here, in Inspiration's eager hour,
When most the big soul feels the mastering power,
    These wilds, these caverns roaming o'er,
    Round which the screaming sea-gulls soar,
With wild unequal steps he pass'd along,
Oft pouring on the winds a broken song:
Anon, upon some rough rock's fearful brow
Would pause abrupt – and gaze upon the waves below.

Poor Chatterton! *he* sorrows for thy fate
Who would have prais'd and lov'd thee, ere too late.
Poor Chatterton! farewell! of darkest hues
This chaplet cast I on thy unshaped tomb;
But dare no longer on the sad theme muse,
Lest kindred woes persuade a kindred doom:
For oh! big gall-drops, shook from Folly's wing,
Have blacken'd the fair promise of my spring;

mitten des Glanzes der Seraphim / deine Dankeshymne hervorströmen läßt / oder, durch die Gefilde der Seligen schwebend, / Engel mit deinem Lied entzückst, – / gewähre mir, gleich dir die Leier zu schlagen, / gleich dir mit göttlichem Feuer zu glühen; – / doch ach! wenn die Wogen des Leids toben, / gewähre mir, mit festerer Brust ihrem Haß zu begegnen / und über den Sturm emporzusteigen mit aufrecht-stolzem Blick!

Ihr Wälder! die ihr über dem felsigen Hang des Avon wogt, / dem Ohr der Phantasie ist euer tiefes Rauschen lieb! / Denn hier windet sie gern den Zypressenkranz; / während sie mit nachdenklichem Blick die immer traurigeren Farben des Abends betrachtet. / Hier, fern von Menschen, inmitten dieses unwegsamen Waldes, / pflegte der Sänger, in feierliche Gedanken versunken, umherzustreifen, / wie ein Sternenstrahl auf träger, abgelegener Flut, / der einsam durch den weitverzweigten, hohen Baum glitzert. / Und hier, in der ungeduldigen Stunde der Inspiration, / wenn die übervolle Seele am stärksten die bändigende Kraft fühlt, / durchstreifte er diese Wildnis, diese Höhlen, / um welche die schreienden Möwen schweben, / eilte vorüber mit wilden, ungleichen Schritten, / oft ein zerbrochenes Lied in die Winde schreiend: / Alsbald, auf dem furchterweckenden Vorsprung eines rauhen Felsens, / hielt er plötzlich inne – und starrte auf die Wellen unter sich.

Armer Chatterton! *Er* beklagt dein Geschick, / der dich gepriesen und geliebt hätte, ehe es zu spät war. / Armer Chatterton! Leb wohl! Diesen Kranz / von dunkelsten Farben werfe ich auf dein ungeformtes Grab; / doch länger wage ich nicht über den traurigen Gegenstand nachzusinnen, / damit nicht verwandte Not ein verwandtes Schicksal heraufbeschwöre: / Denn ach! große Tropfen von Galle, abgeschüttelt von der Torheit Flügel, / haben die helle Erwartung meines Frühlings geschwärzt; / und das strenge

And the stern Fate transpierc'd with viewless dart
The last pale Hope that shiver'd at my heart!

Hence, gloomy thoughts! no more my soul shall dwell
On joys that were! no more endure to weigh
The shame and anguish of the evil day,
Wisely forgetful! O'er the ocean swell
Sublime of Hope I seek the cottag'd dell
Where Virtue calm with careless step may stray;
And, dancing to the moon-light roundelay,
The wizard Passions weave an holy spell!

O Chatterton! that thou wert yet alive!
Sure thou would'st spread the canvass to the gale,
And love with us the tinkling team to drive
O'er peaceful Freedom's undivided dale;
And we, at sober eve, would round thee throng,
Would hang, enraptur'd, on thy stately song,
And greet with smiles the young-eyed Poesy
All deftly mask'd as hoar Antiquity.

Alas, vain Phantasies! the fleeting brood
Of Woe self-solac'd in her dreamy mood!
Yet will I love to follow the sweet dream,
Where Susquehannah pours his untamed stream;
And on some hill, whose forest-frowning side
Waves o'er the murmurs of his calmer tide,
Will raise a solemn Cenotaph to thee,
Sweet Harper of time-shrouded Minstrelsy!
And there, sooth'd sadly by the dirgeful wind,
Muse on the sore ills I had left behind.

1790–1834.

Schicksal durchbohrte mit unsichtbarem Pfeil / die letzte blasse Hoffnung, die an meinem Herzen zitterte!

Fort, düstere Gedanken! Nicht länger soll meine Seele / bei vergangenen Freuden verweilen! Nicht länger ertragen, / die Schmach und den Schmerz des Unglückstages zu bedenken, / sondern weise vergessen! Über des Ozeans Wogen / suche ich in erhabener Hoffnung das Tal mit der Hütte, / wo die Tugend ruhig mit unbekümmertem Schritt umherstreifen darf; / und die magischen Leidenschaften sich im Mondlicht beim Rundtanz drehen / und einen heiligen Zauber weben!

Ach Chatterton! daß du noch lebtest! / Gewiß würdest du deine Segel im Wind ausbreiten / und gern mit uns das läutende Gespann / durch das ungeteilte Tal friedlicher Freiheit lenken; / und wir würden uns am ruhigen Abend um dich scharen, / würden verzaubert an deinem majestätischen Lied hängen / und lächelnd die jungäugige Poesie grüßen, / die sich geschickt als grauhaarige Vorzeit maskiert.

O weh, leere Hirngespinste! flüchtige Brut / des Leids, das sich in träumerischer Stimmung selbst tröstet! / Doch will ich gern dem süßen Traume folgen, / wo der Susquehannah seinen ungezähmten Strom ergießt; / und auf einem Berg, dessen waldbedeckter, düsterer Hang / über dem Rauschen seines ruhigeren Stromes wogt, / will ich dir ein feierliches Grabmal errichten, / lieblicher Harfenspieler einer Dichtkunst, die im Lauf der Zeit versunken ist! / Und dort, wehmutsvoll getröstet von dem Klagelied des Windes, / über die großen Übel nachdenken, die ich hinter mir gelassen hatte.

The Raven

A Christmas Tale, Told by a School-boy to his Little Brothers and Sisters

Underneath an old oak tree
There was of swine a huge company,
That grunted as they crunched the mast:
For that was ripe, and fell full fast.
Then they trotted away, for the wind grew high:
One acorn they left, and no more might you spy.
Next came a Raven, that liked not such folly:
He belonged, they did say, to the witch Melancholy!
Blacker was he than blackest jet,
Flew low in the rain, and his feathers not wet.
He picked up the acorn and buried it straight
By the side of a river both deep and great.
    Where then did the Raven go?
    He went high and low,
Over hill, over dale, did the black Raven go.
    Many Autumns, many Springs
    Travelled he with wandering wings:
    Many Summers, many Winters –
    I can't tell half his adventures.

At length he came back, and with him a She,
And the acorn was grown to a tall oak tree.
They built them a nest in the topmost bough,
And young ones they had, and were happy enow.
But soon came a Woodman in leathern guise,
His brow, like a pent-house, hung over his eyes.
He'd an axe in his hand, not a word he spoke,
But with many a hem! and a sturdy stroke,
At length he brought down the poor Raven's own oak.
His young ones were killed; for they could not depart,
And their mother did die of a broken heart.

Der Rabe

Eine Weihnachtsgeschichte, von einem Schuljungen seinen kleinen Brüdern und Schwestern erzählt

Unter einem alten Eichbaum / war eine große Versammlung von Schweinen, / die grunzten, als sie ihr Futter schmatzten: / Denn die Eicheln waren reif und fielen dicht und schnell. / Dann trotteten sie fort, denn der Wind frischte auf: / Eine Eichel ließen sie zurück, und keine weiter könntet ihr erspähen. / Als nächster kam ein Rabe, der solche Torheit nicht leiden konnte: / Er gehörte, wie man sagte, der Hexe Melancholie! / Schwärzer war er als die schwärzeste Kohle, / tief flog er im Regen, und seine Federn nicht naß. / Er pickte die Eichel auf und vergrub sie sogleich / am Ufer eines Flusses, der war tief und breit. / Wohin flog dann der Rabe? / Er flog hoch und niedrig, / über Berg und Tal flog der schwarze Rabe. / Viele Herbste, viele Frühjahre / reiste er auf wandernden Flügeln: / Viele Sommer, viele Winter – / ich kann nicht die Hälfte seiner Abenteuer erzählen.

Endlich kam er zurück und mit ihm eine Sie, / und die Eichel war zu einem hohen Eichbaum herangewachsen. / Sie bauten sich ein Nest im obersten Zweig, / und sie bekamen Junge und waren glücklich und zufrieden. / Doch bald kam ein Holzfäller in lederner Tracht, / seine Brauen hingen wie ein Wetterdach über seinen Augen. / Er hatte eine Axt in der Hand, nicht ein Wort sprach er, / doch mit vielem Räuspern! und einem kräftigen Schlag / brachte er schließlich die Eiche des armen Raben zu Fall. / Seine Jungen wurden getötet; denn sie konnten nicht fortfliegen, / und ihre Mutter starb an gebrochenem Herzen.

The boughs from the trunk the Woodman did sever;
And they floated it down on the course of the river.
They sawed it in planks, and its bark they did strip,
And with this tree and others they made a good ship.
The ship, it was launched; but in sight of the land
Such a storm there did rise as no ship could withstand.
It bulged on a rock, and the waves rush'd in fast:
Round and round flew the raven, and cawed to the blast.
He heard the last shriek of the perishing souls –
See! see! o'er the topmast the mad water rolls!
  Right glad was the Raven, and off he went fleet,
And Death riding home on a cloud he did meet,
And he thank'd him again and again for this treat:
  They had taken his all, and REVENGE IT WAS SWEET!

1797.

To the Rev. George Coleridge Of Ottery St. Mary, Devon

With some Poems

Notus in fratres animi paterni.
Hor. *Carm.* lib. II. 2.

A blessèd lot hath he, who having passed
His youth and early manhood in the stir
And turmoil of the world, retreats at length,
With cares that move, not agitate the heart,
To the same dwelling where his father dwelt;
And haply views his tottering little ones
Embrace those agèd knees and climb that lap,
On which first kneeling his own infancy
Lisp'd its brief prayer. Such, O my earliest Friend!
Thy lot, and such thy brothers too enjoy.
At distance did ye climb Life's upland road,

Die Äste trennte der Holzfäller von dem Stamm; / und sie ließen diesen auf der Strömung des Flusses hinuntertreiben. / Sie sägten ihn zu Brettern, und seine Rinde schälten sie ab, / und aus diesem Baum und anderen machten sie ein gutes Schiff. / Das Schiff, es wurde vom Stapel gelassen; doch in Sichtweite des Landes / erhob sich solch ein Sturm, wie ihm kein Schiff standhalten konnte. / Es lief auf einen Felsen, und die Wellen stürzten schnell hinein: / Herum und herum flog der Rabe und krächzte in den Sturm. / Er hörte den letzten Schrei der sterbenden Seelen – / seht! seht! über die Mastspitze rollt das wütende Wasser! / Von Herzen froh war der Rabe, und schnell zog er fort, / und den Tod, der auf einer Wolke heimritt, traf er, / und er dankte ihm wieder und wieder für dieses Fest: / Sie hatten ihm alles genommen, und DIE RACHE, DIE WAR SÜSS!

An den Reverend George Coleridge Pfarrer von Ottery St. Mary, Devon

Mit einigen Gedichten

Notus in fratres animi paterni.
Hor. *Carm.* lib. II. 2.

Ein gesegnetes Los ist dem beschieden, der schließlich, / nachdem er seine Jugend und frühen Mannesjahre im Lärm / und Aufruhr der Welt verbracht hat, zurückkehrt / mit Sorgen, die das Herz bewegen, doch nicht aufrühren, / zu demselben Wohnsitz, wo sein Vater wohnte; / und wohl sieht, wie seine tapsenden Kleinen / jene alten Knie umfassen und auf jenen Schoß klettern, / auf dem er in seiner eigenen Kindheit zuerst kniete / und sein kurzes Gebet lispelte. Dies, o mein frühester Freund! / ist dein Los, und dies genießen auch deine Brüder. / In der Ferne stiegst du die steile Straße des Lebens empor, / doch stets guten Muts und Mut

Yet cheer'd and cheering: now fraternal love
Hath drawn you to one centre. Be your days
Holy, and blest and blessing may ye live!

To me the Eternal Wisdom hath dispens'd
A different fortune and more different mind –
Me from the spot where first I sprang to light
Too soon transplanted, ere my soul had fix'd
Its first domestic loves; and hence through life
Chasing chance-started friendships. A brief while
Some have preserv'd me from life's pelting ills;
But, like a tree with leaves of feeble stem,
If the clouds lasted, and a sudden breeze
Ruffled the boughs, they on my head at once
Dropped the collected shower; and some most false,
False and fair-foliag'd as the Manchineel,
Have tempted me to slumber in their shade
E'en mid the storm; then breathing subtlest damps,
Mix'd their own venom with the rain from Heaven,
That I woke poison'd! But, all praise to Him
Who gives us all things, more have yielded me
Permanent shelter; and beside one Friend,
Beneath the impervious covert of one oak,
I've rais'd a lowly shed, and know the names
Of Husband and of Father; not unhearing
Of that divine and nightly-whispering Voice,
Which from my childhood to maturer years
Spake to me of predestinated wreaths,
Bright with no fading colours!

Yet at times
My soul is sad, that I have roam'd through life
Still most a stranger, most with naked heart
At mine own home and birth-place: chiefly then,
When I remember thee, my earliest Friend!
Thee, who didst watch my boyhood and my youth;

spendend: Jetzt hat dich brüderliche Liebe / zu dem einen Mittelpunkt gezogen. Mögen deine Tage / gottergeben sein, und gesegnet und segnend mögest du leben!

Mir hat die ewige Weisheit / ein anderes Geschick und ein ganz anderes Gemüt zugeteilt – / hat mich von dem Ort, wo ich zuerst das Licht erblickte, / zu früh verpflanzt, bevor meine Seele / ihre ersten häuslichen Bande der Liebe geknüpft hatte; und daher bin ich mein Leben lang / Freundschaften nachgejagt, die durch Zufall entstanden sind. Eine kleine Weile / haben mich einige vor den niederprasselnden Übeln des Lebens bewahrt; / doch sie schütteten, wie ein Baum mit Blättern an schwachem Stengel, / wenn die Wolken blieben und ein plötzlicher Windstoß / an den Zweigen rüttelte, den angesammelten Schauer / auf einmal über meinem Haupte aus; und einige ganz trügerische, / trügerisch und schön belaubt wie der Manzanillobaum, / verleiteten mich, in ihrem Schatten zu schlafen / selbst mitten im Sturm; dann hauchten sie heimlich-schleichende Dünste aus / und vermengten ihr eigenes Gift mit dem Regen vom Himmel, / so daß ich vergiftet aufwachte! Doch – gepriesen sei, / der uns alles gibt – mehr noch haben mir / dauernden Schutz gewährt; und neben einem Freund, / unter dem undurchdringlichen Dach einer Eiche, / habe ich eine bescheidene Hütte errichtet und kenne die Namen / Gatte und Vater; nicht ohne / jene göttliche und nächtlich flüsternde Stimme zu hören, / die von meiner Kindheit an bis zu reiferen Jahren / zu mir von vorherbestimmten Kränzen sprach, / die in niemals verblassenden Farben leuchten!

Doch zuweilen / betrübt es meine Seele, daß ich durch das Leben gestreift bin / immer am meisten ein Fremdling, am meisten mit hilflosem Herzen / in meinem eigenen Elternhaus und Geburtsort: Vornehmlich dann, / wenn ich deiner gedenke, mein frühester Freund! / Deiner, der du über meine Kindheit und meine Jugend wachtest, / mein Umher-

Didst trace my wanderings with a father's eye;
And boding evil yet still hoping good,
Rebuk'd each fault, and over all my woes
Sorrow'd in silence! He who counts alone
The beatings of the solitary heart,
That Being knows, how I have lov'd thee ever,
Lov'd as a brother, as a son rever'd thee!
Oh! 'tis to me an ever new delight,
To talk of thee and thine: or when the blast
Of the shrill winter, rattling our rude sash,
Endears the cleanly hearth and social bowl;
Or when, as now, on some delicious eve,
We in our sweet sequester'd orchard-plot
Sit on the tree crook'd earth-ward; whose old boughs,
That hang above us in an arborous roof,
Stirr'd by the faint gale of departing May,
Send their loose blossoms slanting o'er our heads!

Nor dost not thou sometimes recall those hours,
When with the joy of hope thou gavest thine ear
To my wild firstling-lays. Since then my song
Hath sounded deeper notes, such as beseem
Or that sad wisdom folly leaves behind,
Or such as, tuned to these tumultuous times,
Cope with the tempest's swell!

These various strains,
Which I have fram'd in many a various mood,
Accept, my Brother! and (for some perchance
Will strike discordant on thy milder mind)
If aught of error or intemperate truth
Should meet thine ear, think thou that riper Age
Will calm it down, and let thy love forgive it!

Nether-Stowey, Somerset, May 26, 1797.

wandern mit den Augen eines Vaters verfolgtest; / und, Böses ahnend und doch immer Gutes erhoffend, / jeden Fehler tadeltest und dich über all meine Schmerzen / im stillen grämtest! Wer allein / die Schläge des einsamen Herzens zählt, / jenes Wesen weiß, wie ich dich immer geliebt habe, / geliebt wie ein Bruder, dich wie ein Sohn verehrt! / Oh! es ist mir eine immer neue Freude, / von dir zu sprechen und den Deinen: Wenn der Sturm / des klirrenden Winters an unserem schlichten Fensterrahmen klappert / und uns den reinlichen Herd und die gesellige Schüssel lieb macht / oder wenn wir, wie jetzt, an einem köstlichen Abend / in unserem lieben, abgelegenen Obstgärtchen / auf dem Baum sitzen, der zur Erde gekrümmt ist; dessen alte Zweige, / die über uns, ein Laubdach, hängen, / vom leisen Wind des scheidenden Mai bewegt, / ihre losen Blüten schräg über unsere Köpfe treiben lassen!

Und auch du wirst dich zuweilen jener Stunden erinnern, / als du mit der Hoffnung Freude dein Ohr / meinen ersten wilden Weisen schenktest. Seitdem / hat mein Lied tiefere Klänge ertönen lassen, solche, / die jener ernsten Weisheit anstehen, die die Torheit zurückläßt, / oder solche, die, auf diese aufgewühlten Zeiten abgestimmt, / sich mit dem Anschwellen des Sturmes messen!

Diese mannigfaltigen Weisen, / die ich in so mannigfaltigen Stimmungen verfaßte, / nimm sie an, mein Bruder! Und (denn manche / werden deinen milderen Sinn vielleicht mißtönend treffen) / sollte irgendein Irrtum oder eine leidenschaftlich vorgebrachte Wahrheit / an dein Ohr dringen, denke, daß das reifere Alter / dies besänftigen wird, und laß deine Liebe es verzeihen!

This Lime-tree Bower my Prison

[*Addressed to Charles Lamb, of the India House, London*]

In the June of 1797 some long-expected friends paid a visit to the author's cottage; and on the morning of their arrival, he met with an accident, which disabled him from walking during the whole time of their stay. One evening, when they had left him for a few hours, he composed the following lines in the garden-bower.

Well, they are gone, and here must I remain,
This lime-tree bower my prison! I have lost
Beauties and feelings, such as would have been
Most sweet to my remembrance even when age
Had dimm'd mine eyes to blindness! They, meanwhile,
Friends, whom I never more may meet again,
On springy heath, along the hill-top edge,
Wander in gladness, and wind down, perchance,
To that still roaring dell, of which I told;
The roaring dell, o'erwooded, narrow, deep,
And only speckled by the mid-day sun;
Where its slim trunk the ash from rock to rock
Flings arching like a bridge; – that branchless ash,
Unsunn'd and damp, whose few poor yellow leaves
Ne'er tremble in the gale, yet tremble still,
Fann'd by the water-fall! and there my friends
Behold the dark green file of long lank weeds,
That all at once (a most fantastic sight!)
Still nod and drip beneath the dripping edge
Of the blue clay-stone.

Now, my friends emerge
Beneath the wide wide Heaven – and view again
The many-steepled tract magnificent
Of hilly fields and meadows, and the sea,
With some fair bark, perhaps, whose sails light up
The slip of smooth clear blue betwixt two Isles

Diese Lindenbaumlaube – mein Gefängnis

[*An Charles Lamb, India House, London*]

Im Juni des Jahres 1797 besuchten einige schon lange erwartete Freunde den Dichter in seinem Landhaus; und am Morgen ihrer Ankunft hatte er einen Unfall, weshalb er während der ganzen Zeit ihres Aufenthaltes im Gehen behindert war. Als sie ihn eines Abends für einige Stunden allein gelassen hatten, schrieb er die folgenden Zeilen in der Laube.

Nun, sie sind fort, und hier muß ich bleiben, / diese Lindenbaumlaube – mein Gefängnis! Mir entgeht / vieles an Schönheit und Gefühl, was mir / in der Erinnerung sehr lieb gewesen wäre, selbst dann, wenn das Alter / meine Augen zur Blindheit getrübt hätte! Inzwischen wandern sie, / meine Freunde, die ich vielleicht nie wiedersehen werde, / frohen Herzens auf federndem Heideboden den Kamm des Hügels entlang / und folgen vielleicht dem gewundenen Pfad hinunter / in das immerwährend brausende Tal, von dem ich ihnen erzählt habe; / das brausende Tal, waldbedeckt, eng, tief / und nur gesprenkelt von der Mittagssonne; / wo ihren schlanken Stamm die Esche von Fels zu Fels / wie eine Brücke wölbt; – jene kahle Esche, / ohne Sonne und feucht, deren wenige armselige, gelbe Blätter / nie im Winde zittern, und doch unaufhörlich zittern, / vom Wasserfall gefächelt! Und dort erblicken meine Freunde / die dunkle, grüne Reihe hochaufgeschossener Pflanzen, / die alle zugleich (ein überaus phantastischer Anblick!) / ständig nicken und tropfen unter dem tropfenden Rand / des blauen Tongesteins.

Jetzt tauchen meine Freunde wieder auf / unter dem weiten, weiten Himmel – und erblicken wieder / das vieltürmige, großartige Land / hügeliger Felder und Wiesen und das Meer, / mit einer schönen Barke vielleicht, deren Segel / den Streifen glatten, klaren Blaus zwischen zwei Inseln

Of purple shadow! Yes! they wander on
In gladness all; but thou, methinks, most glad,
My gentle-hearted Charles! for thou hast pined
And hunger'd after Nature, many a year,
In the great City pent, winning thy way
With sad yet patient soul, through evil and pain
And strange calamity! Ah! slowly sink
Behind the western ridge, thou glorious Sun!
Shine in the slant beams of the sinking orb,
Ye purple heath-flowers! richlier burn, ye clouds!
Live in the yellow light, ye distant groves!
And kindle, thou blue Ocean! So my friend
Struck with deep joy may stand, as I have stood,
Silent with swimming sense; yea, gazing round
On the wide landscape, gaze till all doth seem
Less gross than bodily; and of such hues
As veil the Almighty Spirit, when yet he makes
Spirits perceive his presence.

A delight
Comes sudden on my heart, and I am glad
As I myself were there! Nor in this bower,
This little lime-tree bower, have I not mark'd
Much that has sooth'd me. Pale beneath the blaze
Hung the transparent foliage; and I watch'd
Some broad and sunny leaf, and lov'd to see
The shadow of the leaf and stem above
Dappling its sunshine! And that walnut-tree
Was richly ting'd, and a deep radiance lay
Full on the ancient ivy, which usurps
Those fronting elms, and now, with blackest mass
Makes their dark branches gleam a lighter hue
Through the late twilight: and though now the bat
Wheels silent by, and not a swallow twitters,
Yet still the solitary humble-bee
Sings in the bean-flower! Henceforth I shall know

/ aus violettem Schatten aufleuchten lassen! Ja, sie wandern weiter / frohen Herzens alle; doch du, glaube ich, am frohesten, / mein sanftherziger Charles! Denn du hast dich manches Jahr verzehrt / und hast gehungert nach der Natur, / in die große Stadt eingepfercht, und hast dich durchgerungen / mit betrübter, doch geduldiger Seele durch Unheil und Schmerz / und ungewöhnliche Not! Oh! versinke langsam / hinter der westlichen Hügelkette, du herrliche Sonne! / Glänzt in den schrägfallenden Strahlen der sinkenden Himmelskugel, / ihr purpurroten Heideblumen! Lodert prächtiger, ihr Wolken! / Lebt in dem gelben Licht, ihr fernen Haine! / Und flamme auf, du blauer Ozean! So mag mein Freund nun / ergriffen von tiefer Freude stehen, wie ich gestanden habe, / stumm mit schwindelnden Sinnen; ja, schaust du umher / auf die weite Landschaft, dann schaue, bis alles / weniger grob als die Materie erscheint, und von Farben, / wie sie den Allmächtigen Geist umhüllen, wenn er dennoch / den menschlichen Geist seine Gegenwart spüren läßt.

Entzücken / überkommt plötzlich mein Herz, und ich bin froh, / als wäre ich selbst dort! Und habe auch ich nicht in dieser Laube, / dieser kleinen Lindenbaumlaube, vieles gesehen, / das mir wohlgetan hat. Bleich unter dem hellen Sonnenschein / hing das durchschimmernde Blattwerk; und ich betrachtete / ein breites und sonnenbeschienenes Blatt und sah mit Freude, / wie der Schatten des darüberhängenden Blattes und Stengels / in seinen Sonnenglanz Flecken malte! Und der Walnußbaum dort / stand in satten Farben, und ein tiefer Glanz lag / voll auf dem alten Efeu, der sich der / Ulmen gegenüber bemächtigt und nun, in tiefschwarzer Dichte, / ihre dunklen Zweige heller getönt / durch die späte Dämmerung schimmern läßt: Und obwohl nun die Fledermaus / in lautlosen Kreisen vorbeifliegt und nicht eine Schwalbe zwitschert, / singt doch noch die einsame Hummel / in der Bohnenblüte! Fortan weiß ich, / daß die Natur nie-

That Nature ne'er deserts the wise and pure;
No plot so narrow, be but Nature there,
No waste so vacant, but may well employ
Each faculty of sense, and keep the heart
Awake to Love and Beauty! and sometimes
'Tis well to be bereft of promis'd good,
That we may lift the soul, and contemplate
With lively joy the joys we cannot share.
My gentle-hearted Charles! when the last rook
Beat its straight path along the dusky air
Homewards, I blest it! deeming its black wing
(Now a dim speck, now vanishing in light)
Had cross'd the mighty Orb's dilated glory,
While thou stood'st gazing; or, when all was still,
Flew creeking o'er thy head, and had a charm
For thee, my gentle-hearted Charles, to whom
No sound is dissonant which tells of Life.

1797.

The Rime of the Ancient Mariner

PART I

An ancient Mariner meeteth three Gallants bidden to a wedding-feast, and detaineth one.

It is an ancient Mariner,
And he stoppeth one of three.
'By thy long grey beard and glittering eye,
Now wherefore stopp'st thou me?

The Bridegroom's doors are opened wide,
And I am next of kin;
The guests are met, the feast is set:
May'st hear the merry din.'

mals die Weisen und Reinen verläßt; / kein Fleckchen Erde so eng, wenn nur die Natur da ist, / keine Einöde so leer, als daß sie nicht / jede Sinneskraft ganz ausfüllen und das Herz / für Liebe und Schönheit wachhalten könnten! Und bisweilen / ist es gut, daß uns verheißenes Glück genommen wird, / auf daß wir unsere Seele emporheben und mit lebendiger Freude / die Freuden betrachten, an denen wir nicht teilhaben können. / Mein sanftherziger Charles! Als die letzte Krähe / ihren geraden Weg durch die dämmerige Luft / heimwärts nahm, da segnete ich sie! Ich stellte mir vor, ihre schwarzen Flügel / (jetzt ein verschwommener Fleck, jetzt aufgelöst in Licht) / hatten die weiße Pracht der mächtigen Himmelskugel durchzogen, / während du standest und schautest, oder flogen, als alles still war, / knarrend über deinen Kopf hinweg und besaßen einen Zauber / für dich, mein sanftherziger Charles, dem / nichts mißtönend ist, was von Leben spricht.

Die Ballade vom alten Seemann

TEIL I

Ein alter Seemann trifft drei zu einer Hochzeit geladene Herren und hält einen von ihnen zurück.

Es ist ein alter Seemann, / und der hält einen von dreien an. / »Bei deinem langen grauen Bart und funkelnden Auge, / sag, warum hältst du mich an?

Das Haus des Bräutigams steht weit offen, / und ich bin ein naher Verwandter; / die Gäste sind versammelt, das Mahl ist gerichtet: / Kannst den fröhlichen Lärm hören.«

He holds him with his skinny hand,
'There was a ship,' quoth he.
'Hold off! unhand me, grey-beard loon!'
Eftsoons his hand dropt he.

The Wedding-Guest is spellbound by the eye of the old seafaring man, and constrained to hear his tale.

He holds him with his glittering eye –
The Wedding-Guest stood still,
And listens like a three years' child:
The Mariner hath his will.

The Wedding-Guest sat on a stone:
He cannot choose but hear;
And thus spake on that ancient man,
The bright-eyed Mariner.

'The ship was cheered, the harbour cleared,
Merrily did we drop
Below the kirk, below the hill,
Below the lighthouse top.

The Mariner tells how the ship sailed southward with a good wind and fair weather, till it reached the line.

The Sun came up upon the left,
Out of the sea came he!
And he shone bright, and on the right
Went down into the sea.

Higher and higher every day,
Till over the mast at noon –'
The Wedding-Guest here beat his breast,
For he heard the loud bassoon.

The Wedding-Guest heareth the bridal music; but the Mariner continueth his tale.

The bride hath paced into the hall,
Red as a rose is she;
Nodding their heads before her goes
The merry minstrelsy.

The Wedding-Guest he beat his breast,
Yet he cannot choose but hear;

Er hält ihn mit seiner dürren Hand. / »Da war ein Schiff«, sprach er. [10] / »Geh weg! Laß mich los, graubärtiger Narr!« / Sofort ließ er die Hand fallen.

Der Hochzeitsgast wird durch den Blick des alten Seemanns gebannt und gezwungen, dessen Geschichte anzuhören.

Er hält ihn mit seinem funkelnden Auge – / der Hochzeitsgast stand still / und lauscht wie ein dreijähriges Kind: [15] / Der Seemann hat seinen Willen.

Der Hochzeitsgast setzte sich auf einen Stein: / Es bleibt ihm nichts als zuzuhören; / und so fuhr der alte Mann fort, / der Seemann mit leuchtenden Augen. [20]

Der Seemann erzählt, wie das Schiff bei günstigem Wind und schönem Wetter südwärts segelte, bis es den Äquator erreichte.

»Unter Freudenrufen legte das Schiff ab und lief aus, / und froh ließen wir hinter uns die Kirche und den Berg / und die Leuchtturmspitze versinken.

Die Sonne ging zur Linken auf, [25] / aus dem Meer kam sie heraus! / Und sie schien hell und ging zur Rechten / im Meer unter.

Höher und höher jeden Tag, / bis über die Mastspitze am Mittag –« [30] / Da schlug sich der Hochzeitsgast an die Brust, / denn er hörte das laute Fagott.

Der Hochzeitsgast hört die Hochzeitsmusik; aber der Seemann setzt seine Erzählung fort.

Die Braut ist in die Halle geschritten, / rot wie eine Rose ist sie; / mit nickendem Kopf gehen [35] / die lustigen Spielleute vor ihr her.

Der Hochzeitsgast schlug sich an die Brust, / es bleibt ihm nichts als zuzuhören; / und so fuhr

And thus spake on that ancient man,
The bright-eyed Mariner.

The ship driven by a storm toward the south pole.

'And now the STORM-BLAST came, and he
Was tyrannous and strong:
He struck with his o'ertaking wings,
And chased us south along.

With sloping masts and dipping prow,
As who pursued with yell and blow
Still treads the shadow of his foe,
And forward bends his head,
The ship drove fast, loud roared the blast,
And southward aye we fled.

And now there came both mist and snow,
And it grew wondrous cold:
And ice, mast-high, came floating by,
As green as emerald.

The land of ice, and of fearful sounds where no living thing was to be seen.

And through the drifts the snowy clifts
Did send a dismal sheen:
Nor shapes of men nor beasts we ken –
The ice was all between.

The ice was here, the ice was there,
The ice was all around:
It cracked and growled, and roared and howled,
Like noises in a swound!

Till a great sea-bird, called the Albatross, came through the snow-fog, and was

At length did cross an Albatross,
Thorough the fog it came;
As if it had been a Christian soul,
We hailed it in God's name.

der alte Mann fort, / der Seemann mit leuchtenden Augen.

Das Schiff wird von einem Sturm zum Südpol hin getrieben.

»Und jetzt kam der STURM, und der / war grausam und stark: / Mit seinen Schwingen überfiel und packte er uns / und jagte uns nach Süden.

Mit schrägen Masten und tiefliegendem Bug, / wie jemand, der, verfolgt von Schreien und Schlägen, / noch auf den Schatten seines Feindes tritt / und seinen Kopf nach vorne beugt, / jagte das Schiff dahin, laut brüllte der Sturm, / und immer weiter flohen wir nach Süden.

Und nun kamen Nebel und Schnee, / und es wurde bitter kalt: / Und Eis, masthoch, kam vorbeigetrieben, / grün wie Smaragd.

Das Land des Eises und des schrecklichen Getöses, wo nichts Lebendiges zu sehen war.

Und durch das Treibeis warfen die schneebedeckten Abgründe / einen düsteren Schein: / Weder Menschen noch Tiere können wir erkennen – / überall war Eis.

Das Eis war hier, das Eis war dort, / ringsherum war Eis: / Es krachte und grollte und brüllte und heulte / wie Dröhnen, das man beim Erwachen aus einer Ohnmacht hört!

Bis ein großer Seevogel, Albatros genannt, durch den Schneedunst kam und mit großer Freude

Schließlich kreuzte ein Albatros unseren Weg, / durch den Nebel kam er; / als wär's eine Christenseele, / riefen wir ihn an im Namen Gottes.

received with great joy and hospitality.

It ate the food it ne'er had eat,
And round and round it flew.
The ice did split with a thunder-fit;
The helmsman steered us through!

And lo! the Albatross proveth a bird of good omen, and followeth the ship as it returned northward through fog and floating ice.

And a good south wind sprung up behind;
The Albatross did follow,
And every day, for food or play,
Came to the mariner's hollo!

In mist our cloud, on mast or shroud,
It perched for vespers nine;
Whiles all the night, through fog-smoke white,
Glimmered the white Moon-shine.'

The ancient Mariner inhospitably killeth the pious bird of good omen.

'God save thee, ancient Mariner!
From the fiends, that plague thee thus! –
Why look'st thou so?' – With my cross-bow
I shot the ALBATROSS.

PART II

The Sun now rose upon the right:
Out of the sea came he,
Still hid in mist, and on the left
Went down into the sea.

And the good south wind still blew behind,
But no sweet bird did follow,
Nor any day for food or play
Came to the mariners' hollo!

His shipmates cry out against the ancient

And I had done a hellish thing,
And it would work 'em woe:

und Gastfreundschaft empfangen wurde.

Er fraß das Futter, das er nie gefressen hatte, / und flog immer wieder um uns herum. / Das Eis barst mit einem Donnerschlag; / der Steuermann lenkte uns hindurch!

Und siehe! der Albatros erweist sich als ein Vogel des guten Omens, und er folgt dem Schiff, als es nordwärts zurückkehrt durch Nebel und Treibeis.

Und ein guter Südwind kam hinter uns auf; / und der Albatros folgte, / und jeden Tag, zum Füttern oder Spielen, / kam er auf des Seemanns Ruf!

In Nebel oder Wolken, auf Mast oder Tauwerk / saß er neun Abende, / während die ganze Nacht lang durch weißen Nebelrauch / das weiße Mondlicht schimmerte.«

Der alte Seemann tötet, ohne die Gastfreundschaft zu achten, den frommen Vogel des guten Omens.

»Gott schütze dich, alter Seemann, / vor den bösen Geistern, die dich so plagen! – / Warum schaust du mich so an?« – Mit meiner Armbrust / schoß ich den ALBATROS tot.

TEIL II

Die Sonne ging nun zur Rechten auf: / Aus dem Meer kam sie heraus, / noch immer im Nebel verhüllt, und zur Linken / ging sie im Meer unter.

Und der gute Südwind blies noch von hinten, / aber kein lieber Vogel folgte mehr, / noch kam er jemals wieder zum Füttern oder Spielen / auf der Seeleute Ruf!

Seine Schiffskameraden machen dem alten

Und ich hatte etwas Teuflisches getan, / und es würde ihnen Unglück bringen: / Denn alle

Mariner, for killing the bird of good luck.

For all averred, I had killed the bird
That made the breeze to blow.
Ah wretch! said they, the bird to slay,
That made the breeze to blow!

But when the fog cleared off, they justify the same, and thus make themselves accomplices in the crime.

Nor dim nor red, like God's own head,
The glorious Sun uprist:
Then all averred, I had killed the bird
That brought the fog and mist.
'Twas right, said they, such birds to slay,
That bring the fog and mist.

The fair breeze continues; the ship enters the Pacific Ocean, and sails northward, even till it reaches the Line.

The fair breeze blew, the white foam flew,
The furrow followed free;
We were the first that ever burst
Into that silent sea.

The ship hath been suddenly becalmed.

Down dropt the breeze, the sails dropt down,
'Twas sad as sad could be;
And we did speak only to break
The silence of the sea!

All in a hot and copper sky,
The bloody Sun, at noon,
Right up above the mast did stand,
No bigger than the Moon.

Day after day, day after day,
We stuck, nor breath nor motion;
As idle as a painted ship
Upon a painted ocean.

And the Albatross begins to be avenged.

Water, water, every where,
And all the boards did shrink;
Water, water, every where,
Nor any drop to drink.

Seemann Vorwürfe, weil er den glückbringenden Vogel getötet hat.

behaupteten, ich hätte den Vogel getötet, / der die Brise hatte wehen lassen. / Unseliger! sagten sie, den Vogel zu erschlagen, / der die Brise hatte wehen lassen!

Aber als der Nebel sich lichtete, rechtfertigen sie diese Tat und machen sich so mitschuldig an dem Verbrechen.

Weder dunstverhangen noch rot, wie Gottes Haupt selbst / ging die herrliche Sonne auf: / Dann sagten alle, daß ich den Vogel getötet hatte, / der Nebel und Dunst gebracht hat. / Es war richtig, sagten sie, solche Vögel zu erschlagen, / die Nebel und Dunst bringen.

Der Wind bleibt günstig; das Schiff gelangt in den Stillen Ozean und segelt so weit nordwärts, bis es den Äquator erreicht.

Die günstige Brise wehte, der weiße Schaum flog, / das Kielwasser folgte frei; / wir waren die ersten, die je / in dieses stille Meer vorstießen.

Das Schiff gerät plötzlich in eine Windstille.

Dann erstarrte die Brise, und die Segel erschlafften, / es war so traurig, wie es nur sein konnte; / und wir sprachen nur miteinander, / um das Schweigen des Meeres zu brechen!

An einem heißen und kupfernen Himmel / stand mittags die blutrote Sonne / genau über dem Mast, / nicht größer als der Mond.

Tag für Tag und Tag für Tag / lagen wir fest, kein Hauch und keine Bewegung; / träge wie ein gemaltes Schiff / auf einem gemalten Meer.

Und der Albatros beginnt gerächt zu werden.

Wasser, Wasser überall, / und alle Planken schrumpften; / Wasser, Wasser überall, / und keinen Tropfen zu trinken.

The very deep did rot: O Christ!
That ever this should be!
Yea, slimy things did crawl with legs
Upon the slimy sea.

About, about, in reel and rout
The death-fires danced at night;
The water, like a witch's oils,
Burnt green, and blue and white.

A Spirit had followed them; one of the invisible inhabitants of this planet, neither departed souls nor angels; concerning whom the learned Jew, Josephus, and the Platonic Constantinopolitan, Michael Psellus, may be consulted. They are very numerous, and there is no climate or element without one or more.

And some in dreams assuréd were
Of the Spirit that plagued us so;
Nine fathom deep he had followed us
From the land of mist and snow.

And every tongue, through utter drought,
Was withered at the root;
We could not speak, no more than if
We had been choked with soot.

The shipmates, in their sore distress, would fain throw the whole guilt on the ancient Mariner: in sign whereof they hang the dead sea-bird round his neck.

Ah! well a-day! what evil looks
Had I from old and young!
Instead of the cross, the Albatross
About my neck was hung.

PART III

There passed a weary time. Each throat
Was parched, and glazed each eye.
A weary time! a weary time!
How glazed each weary eye,

Die Tiefe selbst vermoderte: O Gott! / daß es so etwas geben konnte! / Schleimiges Zeug mit Beinen kroch [125] / auf dem schleimigen Meer.

Und überall um uns herum tanzten in wildem Durcheinander / die Todesfeuer zur Nacht; / das Wasser brannte, wie Hexenöl, / grün und blau und weiß. [130]

Ein Geist war ihnen gefolgt; einer der unsichtbaren Bewohner dieses Planeten, die weder die Seelen der Toten noch Engel sind; über die man bei dem gelehrten Juden, Josephus, und dem konstantinopolitanischen Platoniker, Michael Psellus, nachschlagen kann. Sie sind sehr zahlreich und kein Klima und kein Element ist ohne einen oder mehrere von ihnen.

Und einigen offenbarte sich im Traum / der Geist, der uns so plagte; / neun Faden tief war er uns gefolgt / aus dem Land des Nebels und Schnees.

Und jede Zunge war von der sengenden Trockenheit [135] / bis zum Schlund verdorrt; / wir konnten nicht sprechen, es war, als ob / wir an Ruß erstickt waren.

In ihrer äußersten Not möchten die Schiffskameraden gern dem alten Seemann die ganze Schuld aufladen: Als Zeichen dafür hängen sie ihm den toten Seevogel um den Hals.

O weh! welch böse Blicke / trafen mich von alt und jung! [140] / An Stelle des Kreuzes hängten sie mir / den Albatros um den Hals.

TEIL III

So verging eine lange, trübe Zeit. Jede Kehle / war ausgetrocknet, und jedes Auge war glasig. / Eine lange, trübe Zeit! Eine lange, trübe Zeit! [145] / Wie glasig jedes trübe Auge, / als

The ancient Mariner beholdeth a sign in the element afar off.

When looking westward, I beheld
A something in the sky.

At first it seemed a little speck,
And then it seemed a mist;
It moved and moved, and took at last
A certain shape, I wist.

A speck, a mist, a shape, I wist!
And still it neared and neared:
As if it dodged a water-sprite,
It plunged and tacked and veered.

At its nearer approach, it seemeth him to be a ship; and at a dear ransom he freeth his speech from the bonds of thirst.

With throats unslaked, with black lips baked,
We could nor laugh nor wail;
Through utter drought all dumb we stood!
I bit my arm, I sucked the blood,
And cried, A sail! a sail!

With throats unslaked, with black lips baked,
Agape they heard me call:

A flash of joy;

Gramercy! they for joy did grin,
And all at once their breath drew in,
As they were drinking all.

And horror follows. For can it be a ship that comes onward without wind or tide?

See! see! (I cried) she tacks no more!
Hither to work us weal;
Without a breeze, without a tide,
She steadies with upright keel!

The western wave was all a-flame.
The day was well nigh done!
Almost upon the western wave
Rested the broad bright Sun;
When that strange shape drove suddenly
Betwixt us and the Sun.

Der alte Seemann erblickt in weiter Ferne ein Zeichen auf dem Wasser.

ich, nach Westen schauend, / am Himmel irgend etwas erblickte.

Zuerst schien es ein kleiner Fleck / und dann ein Nebel zu sein; / es bewegte und bewegte sich und nahm schließlich / eine bestimmte Form an, wie ich sah.

Ein Fleck, ein Nebel, eine Form, ich sah es! / Und immer noch kam es näher und näher: / Als ob es einem Wassergeist auswich, / so tauchte und wendete und drehte es sich.

Als es näherkommt, scheint es ihm ein Schiff zu sein; und um einen hohen Preis befreit er seine Stimme aus den Fesseln des Durstes.

Mit ausgedorrten Kehlen, mit schwarz verbrannten Lippen / konnten wir weder lachen noch klagen; / wegen der sengenden Trockenheit standen wir ganz stumm da! / Ich biß mir in den Arm, ich saugte das Blut / und schrie: Ein Segel! Ein Segel!

Ein Augenblick der Freude;

Mit ausgedorrten Kehlen, mit schwarz verbrannten Lippen / hörten sie mit offenem Mund mich rufen: / Gott sei Dank! grinsten sie vor Freude / und zogen alle auf einmal den Atem ein, / als ob sie alle trinken würden.

Und Grausen folgt. Denn kann es ein Schiff sein, das sich ohne Wind und Strömung vorwärtsbewegt?

Seht! Seht! (schrie ich), das Schiff wendet nicht mehr! / Hierher um uns Rettung zu bringen; / ohne eine Brise, ohne eine Strömung / hält es ruhig auf uns zu!

Das Meer im Westen stand ganz in Flammen. / Der Tag war fast vergangen! / Die volle leuchtende Sonne ruhte / beinahe auf dem Meer im Westen, / als plötzlich jene sonderbare Form / zwischen uns und die Sonne fuhr.

It seemeth him but the skeleton of a ship.

And straight the Sun was flecked with bars,
(Heaven's Mother send us grace!)
As if through a dungeon-grate he peered
With broad and burning face.

Alas! (thought I, and my heart beat loud)
How fast she nears and nears!
Are those *her* sails that glance in the Sun,
Like restless gossameres?

And its ribs are seen as bars on the face of the setting Sun.

Are those *her* ribs through which the Sun
Did peer, as through a grate?
And is that Woman all her crew?
Is that a DEATH? and are there two?
Is DEATH that woman's mate?

The Spectre-Woman and her Death-mate, and no other on board the skeleton ship.

Her lips were red, *her* looks were free,
Her locks were yellow as gold:
Her skin was as white as leprosy,
The Night-mare LIFE-IN-DEATH was she,
Who thicks man's blood with cold.

Like vessel, like crew!

The naked hulk alongside came,
And the twain were casting dice;
'The game is done! I've won! I've won!'
Quoth she, and whistles thrice.

Death and Life-in-Death have diced for the ship's crew, and she (the latter) winneth the ancient Mariner.

The Sun's rim dips; the stars rush out:
At one stride comes the dark;
With far-heard whisper, o'er the sea,
Off shot the spectre-bark.

No twilight within the courts of the Sun.

We listened and looked sideways up!
Fear at my heart, as at a cup,
My life-blood seemed to sip!
The stars were dim, and thick the night,

At the rising of the Moon,

Es scheint ihm nur das Gerippe eines Schiffes zu sein.

Und sogleich wurde die Sonne von Streifen durchzogen, / (Mutter Gottes, erbarme Dich!) / als ob sie mit vollem und brennendem Gesicht / durch ein Kerkergitter schaute. [180]

Und seine Spanten erscheinen als Gitterstäbe vor der untergehenden Sonne.

O weh! (dachte ich, und mein Herz schlug laut) / wie schnell es näher und näher kommt! / Sind das *seine* Segel, die in der Sonne glänzen / wie flatternde Spinnweben?

Das Gespensterweib und sein Gefährte Tod und niemand sonst an Bord des Skelettschiffes.

Sind das *seine* Spanten, durch die die Sonne [185] / wie durch ein Gitter schaute? / Und besteht die ganze Mannschaft nur aus diesem Weib? / Ist das ein TOD? Und sind da zwei? / Ist der TOD der Gefährte dieses Weibes?

Wie das Schiff, so die Mannschaft!

Ihre Lippen waren rot, *ihr* Blick war zügellos, [190] / ihre Locken waren goldgelb: / Ihre Haut war weiß wie Aussatz, / das Gespenst LEBEN-IM-TOD war sie, / das Menschenblut vor Kälte erstarren läßt.

Tod und Leben-im-Tod haben um die Mannschaft des Schiffes gewürfelt, und sie (die letztere) gewinnt den alten Seemann.

Der nackte Rumpf legte sich längsseits, [195] / und die beiden würfelten; / »Der Würfel ist gefallen! Ich hab gewonnen! Ich hab gewonnen!« / sprach sie und pfiff dreimal.

Kein Dämmerlicht in der Umgebung der Sonne.

Der Rand der Sonne taucht unter; die Sterne brechen hervor: / Auf einen Schlag wird es dunkel; [200] / mit weit hörbarem Wispern / schoß das Geisterschiff über das Meer davon.

Beim Aufgehen des Mondes

Wir horchten und sahen seitwärts auf! / Furcht schien aus meinem Herzen wie aus einem Becher / mein Lebensblut zu schlürfen! [205] / Die Sterne leuchteten trübe, und die Nacht

The steersman's face by his lamp gleamed white;
From the sails the dew did drip –
Till clomb above the eastern bar
The hornéd Moon, with one bright star
Within the nether tip.

One after another,

One after one, by the star-dogged Moon,
Too quick for groan or sigh,
Each turned his face with a ghastly pang,
And cursed me with his eye.

His shipmates drop down dead.

Four times fifty living men,
(And I heard nor sigh nor groan)
With heavy thump, a lifeless lump,
They dropped down one by one.

But Life-in-Death begins her work on the ancient Mariner.

The souls did from their bodies fly, –
They fled to bliss or woe!
And every soul, it passed me by,
Like the whizz of my cross-bow!

PART IV

The Wedding-Guest feareth that a Spirit is talking to him;

'I fear thee, ancient Mariner!
I fear thy skinny hand!
And thou art long, and lank, and brown,
As is the ribbed sea-sand.

I fear thee and thy glittering eye,
And thy skinny hand, so brown.' –
Fear not, fear not, thou Wedding-Guest!
This body dropt not down.

But the ancient Mariner assureth him of his bodily life, and proceedeth to

war schwer, / das Gesicht des Steuermanns bei seiner Lampe schimmerte weiß; / von den Segeln tropfte der Tau – / bis die Mondsichel am östlichen Horizont aufstieg, [210] / mit einem hellen Stern / an ihrer unteren Spitze.

Fällt einer nach dem anderen

Einer nach dem anderen, im Schein des vom Stern dicht gefolgten Mondes, / zu schnell, um zu stöhnen oder zu seufzen, / wandte jeder sein Gesicht mit gräßlicher Pein mir zu / und verfluchte mich mit seinem Auge. [215]

Seiner Schiffskameraden tot nieder.

Viermal fünfzig lebende Menschen / (und ich hörte weder Seufzen noch Stöhnen) / fielen, leblose Klumpen, mit dumpfem Schlag / einer nach dem anderen nieder.

Aber Leben-im-Tod beginnt ihr Werk an dem alten Seemann.

Die Seelen flohen aus ihren Leibern, – [220] / sie flohen zu Seligkeit oder Pein! / Und jede Seele schwirrte an mir vorüber / wie das Zischen meiner Armbrust!

TEIL IV

Der Hochzeitsgast fürchtet, daß ein Geist zu ihm spricht;

»Ich fürchte mich vor dir, alter Seemann! / Ich fürchte mich vor deiner dürren Hand! [225] / Und du bist lang und dünn und braun / wie der gerippte Seesand.

Aber der alte Seemann versichert ihn, daß er wirklich lebt, und fährt fort, von seiner

Ich fürchte mich vor dir und deinem funkelnden Auge / und vor deiner dürren Hand, die so braun ist.« – / Fürchte dich nicht, fürchte dich nicht, du Hochzeitsgast! [230] / Mein Körper fiel nicht nieder.

relate his horrible penance.

Alone, alone, all, all alone,
Alone on a wide wide sea!
And never a saint took pity on
My soul in agony.

He despiseth the creatures of the calm,

The many men, so beautiful!
And they all dead did lie:
And a thousand thousand slimy things
Lived on; and so did I.

And envieth that *they* should live, and so many lie dead.

I looked upon the rotting sea,
And drew my eyes away;
I looked upon the rotting deck,
And there the dead men lay.

I looked to heaven, and tried to pray;
But or ever a prayer had gusht,
A wicked whisper came, and made
My heart as dry as dust.

I closed my lids, and kept them close,
And the balls like pulses beat;
For the sky and the sea, and the sea and the sky
Lay like a load on my weary eye,
And the dead were at my feet.

But the curse liveth for him in the eye of the dead men.

The cold sweat melted from their limbs,
Nor rot nor reek did they:
The look with which they looked on me
Had never passed away.

An orphan's curse would drag to hell
A spirit from on high;
But oh! more horrible than that
Is the curse in a dead man's eye!

schrecklichen Buße zu erzählen.

Allein, allein, ganz, ganz allein, / allein auf einem weiten, weiten Meer! / Und kein einziger Heiliger erbarmte sich / meiner Seele in ihrer Qual. [235]

Er verachtet die Kreaturen der Windstille

Die vielen stattlichen Männer! / Und sie lagen alle tot: / Und abertausend schleimige Wesen / lebten weiter; wie auch ich.

Und mißgönnt ihnen, daß *sie* leben und so viele tot sind.

Ich sah auf das vermodernde Meer [240] / und wandte meine Augen ab; / ich sah auf das vermodernde Deck, / und da lagen die Toten.

Ich blickte zum Himmel auf und versuchte zu beten; / aber bevor auch nur ein Gebet hervorbrechen konnte, [245] / kam ein gottloses Flüstern und machte / mein Herz trocken wie Staub.

Ich schloß die Augen und hielt sie geschlossen, / und die Augäpfel schlugen wie der Puls; / denn der Himmel und das Meer und das Meer und der Himmel [250] / lagen wie eine Last auf meinen müden Augen, / und die Toten lagen zu meinen Füßen.

Aber der Fluch lebt für ihn fort in den Augen der toten Männer.

Der kalte Schweiß rann von ihren Gliedern, / sie verwesten nicht und verbreiteten keinen Geruch: / Der Blick, mit dem sie mich anblickten, [255] / blieb immer auf mich geheftet.

Der Fluch eines Waisenkindes kann eine Seele / vom Himmel in die Hölle zerren; / aber ach! viel furchtbarer / ist der Fluch im Auge eines Toten! [260] / Sieben Tage, sieben

Seven days, seven nights, I saw that curse,
And yet I could not die.

In his loneliness and fixedness he yearneth towards the journeying Moon, and the stars that still sojourn, yet still move onward; and every where the blue sky belongs to them, and is their appointed rest, and their native country and their own natural homes, which they enter unannounced, as lords that are certainly expected and yet there is a silent joy at their arrival.

The moving Moon went up the sky,
And no where did abide:
Softly she was going up,
And a star or two beside –

Her beams bemocked the sultry main,
Like April hoar-frost spread;
But where the ship's huge shadow lay,
The charméd water burnt alway
A still and awful red.

By the light of the Moon he beholdeth God's creatures of the great calm.

Beyond the shadow of the ship,
I watched the water-snakes:
They moved in tracks of shining white,
And when they reared, the elfish light
Fell off in hoary flakes.

Within the shadow of the ship
I watched their rich attire:
Blue, glossy green, and velvet black,
They coiled and swam; and every track
Was a flash of golden fire.

Their beauty and their happiness.

He blesseth them in his heart.

O happy living things! no tongue
Their beauty might declare:
A spring of love gushed from my heart,
And I blessed them unaware:
Sure my kind saint took pity on me,
And I blessed them unaware.

Nächte lang sah ich diesen Fluch, / und doch konnte ich nicht sterben.

In seiner Einsamkeit und Starre fühlt er sich zu dem wandernden Mond hingezogen und den Sternen, die immer verweilen und sich dennoch immer fortbewegen; und überall gehört ihnen der blaue Himmel und ist ihre ihnen bestimmte Ruhestätte und ihr Vaterland und ihr eigenes natürliches Heim, das sie ohne Anmeldung betreten, wie Herren, die man mit Gewißheit erwartet und bei deren Ankunft doch eine stille Freude herrscht.

Der wandernde Mond stieg am Himmel empor, / und nirgends stand er still; / sanft zog er seine Bahn / und einer oder zwei Sterne mit ihm –

Seine Strahlen spotteten der schwülen See / und breiteten sich wie Rauhreif im April aus; / doch wo des Schiffs gewaltiger Schatten lag, / brannte das verzauberte Wasser / in stillem und furchtbarem Rot.

Im Lichte des Mondes erblickt er Gottes Kreaturen der großen Windstille.

Jenseits des Schattens des Schiffes / bemerkte ich die Wasserschlangen: / Sie bewegten sich in Rinnen von leuchtendem Weiß, / und wenn sie sich aufbäumten, / fiel das gespenstige Licht in weißen Flocken herab.

Im Schatten des Schiffes / nahm ich ihr reiches Kleid wahr: / blau, glänzend grün und wie schwarzer Samt / schlängelten sie sich und schwammen sie; und jede Spur / war ein Aufleuchten von goldenem Feuer.

Ihre Schönheit und ihr Glück.

O ihr glücklichen Lebewesen! Keine Zunge / könnte ihre Schönheit schildern: / Ein Quell von Liebe brach aus meinem Herzen hervor, / und unbewußt pries ich sie glücklich: /

Er preist sie glücklich in seinem Herzen.

Sicherlich erbarmte sich mein gütiger Heiliger meiner, / und unbewußt pries ich sie glücklich.

The spell begins to break.

The self-same moment I could pray;
And from my neck so free
The Albatross fell off, and sank
Like lead into the sea.

PART V

Oh sleep! it is a gentle thing,
Beloved from pole to pole!
To Mary Queen the praise be given!
She sent the gentle sleep from Heaven,
That slid into my soul.

By grace of the holy Mother, the ancient Mariner is refreshed with rain.

The silly buckets on the deck,
That had so long remained,
I dreamt that they were filled with dew;
And when I awoke, it rained.

My lips were wet, my throat was cold,
My garments all were dank;
Sure I had drunken in my dreams,
And still my body drank.

I moved, and could not feel my limbs:
I was so light – almost
I thought that I had died in sleep,
And was a blesséd ghost.

He heareth sounds and seeth strange sights and commotions in the sky and the element.

And soon I heard a roaring wind:
It did not come anear;
But with its sound it shook the sails,
That were so thin and sere.

The upper air burst into life!
And a hundred fire-flags sheen,

Der Bann beginnt zu brechen.

In eben diesem Augenblick konnte ich beten; / und von meinem Hals, so befreit, / fiel der Albatros herab und versank [290] / wie Blei im Meer.

TEIL V

O Schlaf! Er ist sanft, / geliebt von Pol zu Pol! / Der Jungfrau Maria sei Dank! / Sie sandte vom Himmel den sanften Schlaf, [295] / der sich auf meine Seele senkte.

Durch die Gnade der Heiligen Mutter wird der alte Seemann von Regen erfrischt.

Die nutzlosen Eimer auf dem Deck, / die dort so lange gestanden hatten, / ich träumte, sie wären mit Tau gefüllt; / und als ich erwachte, regnete es. [300]

Meine Lippen waren feucht, meine Kehle war kalt, / meine Kleider waren klamm; / sicherlich hatte ich während meines Traumes getrunken / und immer noch trank mein Körper.

Ich bewegte mich und spürte meine Glieder nicht: [305] / Ich war so leicht – ich dachte fast, / daß ich im Schlaf gestorben wäre / und ein seliger Geist sei.

Er hört Klänge und sieht seltsame Dinge und Bewegungen am Himmel und auf dem Wasser.

Und alsbald hörte ich einen brausenden Wind: / Er kam nicht näher; [310] / aber mit seinem Heulen schüttelte er die Segel, / die so dünn und verschlissen waren.

Und in der Höhe brach Leben aus; / und hundert glänzende Feuerflaggen, / sie wurden hin

To and fro they were hurried about!
And to and fro, and in and out,
The wan stars danced between.

And the coming wind did roar more loud,
And the sails did sigh like sedge;
And the rain poured down from one black cloud;
The Moon was at its edge.

The thick black cloud was cleft, and still
The Moon was at its side:
Like waters shot from some high crag,
The lightning fell with never a jag,
A river steep and wide.

The bodies of the ship's crew are inspired [inspirited, *S. L.*] and the ship moves on;

The loud wind never reached the ship,
Yet now the ship moved on!
Beneath the lightning and the Moon
The dead men gave a groan.

They groaned, they stirred, they all uprose,
Nor spake, nor moved their eyes;
It had been strange, even in a dream,
To have seen those dead men rise.

The helmsman steered, the ship moved on;
Yet never a breeze up-blew;
The mariners all 'gan work the ropes,
Where they were wont to do;
They raised their limbs like lifeless tools –
We were a ghastly crew.

The body of my brother's son
Stood by me, knee to knee:

und her gewirbelt! [315] / Und hin und her und herein und heraus / tanzten die blassen Sterne dazwischen.

Und der aufkommende Wind brauste lauter, / und die Segel seufzten wie Schilf; / und der Regen strömte herab aus einer schwarzen Wolke; [320] / der Mond stand an ihrem Rand.

Die dicke schwarze Wolke wurde zerspalten, und immer noch / stand der Mond an ihrer Seite: / Wie Wassermassen, die von einem hohen Felsen herunterschießen, / so fiel der Blitz ohne Zacken nieder, [325] / ein stürzender und breiter Fluß.

Die Körper der Schiffsmannschaft werden beseelt und das Schiff bewegt sich fort;

Der laute Wind erreichte nie das Schiff, / doch jetzt bewegte es sich voran! / Unter dem Blitz und dem Mond / stöhnten die Toten auf. [330]

Sie stöhnten, sie bewegten sich, sie erhoben sich alle, / doch sie sprachen nicht, noch wendeten sie ihre Augen; / selbst in einem Traum wäre es seltsam gewesen, / diese Toten sich erheben zu sehen.

Der Steuermann lenkte, das Schiff zog weiter; [335] / doch nie erhob sich eine Brise; / die Seeleute nahmen ihre Arbeit an den Tauen auf, / wo sie es gewohnt waren; / sie erhoben ihre Glieder wie leblose Werkzeuge – / wir waren eine grausige Mannschaft. [340]

Der Körper meines Brudersohns / stand neben mir, Knie an Knie: / Der Körper und ich zo-

The body and I pulled at one rope,
But he said nought to me.

But not by the souls of the men, nor by dæmons of earth or middle air, but by a blessed troop of angelic spirits, sent down by the invocation of the guardian saint.

'I fear thee, ancient Mariner!'
Be calm, thou Wedding-Guest!
'Twas not those souls that fled in pain,
Which to their corses came again,
But a troop of spirits blest:

For when it dawned – they dropped their arms,
And clustered round the mast;
Sweet sounds rose slowly through their mouths,
And from their bodies passed.

Around, around, flew each sweet sound,
Then darted to the Sun;
Slowly the sounds came back again,
Now mixed, now one by one.

Sometimes a-dropping from the sky
I heard the sky-lark sing;
Sometimes all little birds that are,
How they seemed to fill the sea and air
With their sweet jargoning!

And now 'twas like all instruments,
Now like a lonely flute;
And now it is an angel's song,
That makes the heavens be mute.

It ceased; yet still the sails made on
A pleasant noise till noon,
A noise like of a hidden brook
In the leafy month of June,

gen an einem Tau, / doch er sprach kein Wort zu mir.

Aber nicht durch die Seelen der Männer, noch durch Dämonen der Erde oder der Zwischenregion, sondern durch eine selige Schar himmlischer Geister, herabgesandt durch die Anrufung des Schutzheiligen.

»Ich fürchte mich vor dir, alter Seemann!« [345] / Sei beruhigt, du Hochzeitsgast! / Nicht die Seelen, die in Todespein geflohen waren, / kehrten in die Körper zurück, / sondern eine Schar seliger Geister:

Denn bei Tagesanbruch ließen sie die Arme sinken [350] / und drängten sich um den Mast; / liebliche Klänge stiegen von ihren Lippen getragen auf / und gingen von ihren Körpern aus.

Jeder liebliche Klang schwebte rings umher, / dann flog er fort zur Sonne; [355] / langsam hallten die Klänge zurück, / bald vermischt, bald einzeln.

Manchmal hörte ich vom Himmel herab / die Lerche singen; / manchmal alle kleinen Vögel, die es gibt, [360] / wie schienen sie das Meer und die Luft / mit ihrem süßen Gezwitscher zu füllen!

Und manchmal war es wie ein ganzes Orchester / und dann wie eine einsame Flöte; / und dann wieder ist es ein Engelsgesang, [365] / der den Himmel verstummen läßt.

Es schwieg; doch immer noch rauschten die Segel / angenehm bis gegen Mittag, / ein Rauschen wie von einem verborgenen Bach / im laubigen Monat Juni, [370] / der die ganze

That to the sleeping woods all night
Singeth a quiet tune.

Till noon we quietly sailed on,
Yet never a breeze did breathe:
Slowly and smoothly went the ship,
Moved onward from beneath.

The lonesome Spirit from the south-pole carries on the ship as far as the Line, in obedience to the angelic troop, but still requireth vengeance.

Under the keel nine fathom deep,
From the land of mist and snow,
The spirit slid: and it was he
That made the ship to go.
The sails at noon left off their tune,
And the ship stood still also.

The Sun, right up above the mast,
Had fixed her to the ocean:
But in a minute she 'gan stir,
With a short uneasy motion –
Backwards and forwards half her length
With a short uneasy motion.

Then like a pawing horse let go,
She made a sudden bound:
It flung the blood into my head,
And I fell down in a swound.

The Polar Spirit's fellow-dæmons, the invisible inhabitants of the element, take part in his wrong; and two of them relate, one to the other, that penance long and heavy for

How long in that same fit I lay,
I have not to declare;
But ere my living life returned,
I heard and in my soul discerned
Two voices in the air.

'Is it he?' quoth one, 'Is this the man?
By him who died on cross,
With his cruel bow he laid full low
The harmless Albatross.

Nacht den schlafenden Wäldern / eine sanfte Melodie singt.

Bis Mittag segelten wir ruhig fort, / aber kein Lüftchen regte sich: / Langsam und leicht glitt das Schiff dahin, [375] / von unten her fortbewegt.

Der einsame Geist vom Südpol treibt das Schiff bis zum Äquator, den himmlischen Scharen gehorchend, doch er fordert immer noch Rache.

Unter dem Kiel, neun Faden tief, / aus dem Land des Nebels und Schnees / glitt der Geist: Und der war es, / der das Schiff vorantrieb. [380] / Mittags verstummte die Melodie der Segel, / und auch das Schiff stand still.

Die Sonne, genau über dem Mast, / hatte es an das Meer festgebannt: / Doch nach einem Moment rührte es sich wieder, [385] / mit kurzer, unruhiger Bewegung – / rückwärts und vorwärts um seine halbe Länge, / mit kurzer, unruhiger Bewegung.

Dann machte es, wie ein ungeduldig scharrendes Pferd, das man losläßt, / einen plötzlichen Sprung: [390] / Der trieb mir das Blut in den Kopf, / und ohnmächtig fiel ich nieder.

Die Dämonengefährten des Polargeistes, die unsichtbaren Bewohner des Meeres, nehmen Anteil an dem ihm zugefügten Unrecht; und zwei von ihnen erzählen sich gegenseitig, daß eine lange und schwere Buße

Wie lange ich in dieser Ohnmacht gelegen habe, / kann ich nicht sagen; / aber bevor meine Lebensgeister zurückkehrten, [395] / hörte und erkannte ich in meiner Seele / zwei Stimmen in der Luft.

»Ist er es?« sagte eine, »ist dies der Mann? / Beim Gekreuzigten, / mit seinem grausamen Bogen erschoß er [400] / den arglosen Albatros.

the ancient Mariner hath been accorded to the Polar Spirit, who returneth southward.

The spirit who bideth by himself
In the land of mist and snow,
He loved the bird that loved the man
Who shot him with his bow.'

The other was a softer voice,
As soft as honey-dew:
Quoth he, 'The man hath penance done,
And penance more will do.'

PART VI

First Voice
'But tell me, tell me! speak again,
Thy soft response renewing –
What makes that ship drive on so fast?
What is the ocean doing?'

Second Voice
'Still as a slave before his lord,
The ocean hath no blast;
His great bright eye most silently
Up to the Moon is cast –

If he may know which way to go;
For she guides him smooth or grim.
See, brother, see! how graciously
She looketh down on him.'

First Voice
'But why drives on that ship so fast,
Without or wave or wind?'

The Mariner hath been cast into a trance; for the angelic power causeth the vessel to drive northward

Second Voice
'The air is cut away before,
And closes from behind.

für den alten Seemann dem Polargeist, der südwärts heimkehrt, bewilligt ist.

Der Geist, der allein wohnt / im Land des Nebels und Schnees, / er liebte den Vogel, der den Menschen liebte, / der ihn mit seinem Bogen erschoß.« [405]

Das andere war eine mildere Stimme, / so mild wie Honigtau: / Sie sprach: »Der Mann hat Buße getan / und wird noch mehr Buße tun.«

TEIL VI

Erste Stimme
»Doch sag mir, sag mir! Sag's noch mal, [410] / und wiederhole deine milde Antwort – / was treibt das Schiff so schnell voran? / Was tut der Ozean?«

Zweite Stimme
»So regungslos wie ein Sklave vor seinem Herrn / liegt der Ozean ohne einen Windhauch; [415] / sein großes helles Auge ist ganz still / auf den Mond gerichtet –

Um zu erfahren, wohin er sich wenden soll; / denn der Mond lenkt ihn in Stille und Sturm. / Sieh, Bruder, sieh! Wie gnädig [420] / schaut er auf den Ozean herab.«

Der Seemann ist in einen traumartigen Zustand versetzt; denn die himmlischen Scharen lassen das Schiff

Erste Stimme
»Doch warum fährt das Schiff so schnell, / ohne Flut und ohne Wind?«

Zweite Stimme
»Die Luft teilt sich vor ihm / und schließt sich hinter ihm. [425]

faster than human life could endure.

Fly, brother, fly! more high, more high!
Or we shall be belated:
For slow and slow that ship will go,
When the Mariner's trance is abated.'

The super-natural motion is retarded; the Mariner awakes, and his penance begins anew.

I woke, and we were sailing on
As in a gentle weather:
'Twas night, calm night, the moon was high;
The dead men stood together.

All stood together on the deck,
For a charnel-dungeon fitter:
All fixed on me their stony eyes,
That in the Moon did glitter.

The pang, the curse, with which they died,
Had never passed away:
I could not draw my eyes from theirs,
Nor turn them up to pray.

The curse is finally expiated.

And now this spell was snapt: once more
I viewed the ocean green,
And looked far forth, yet little saw
Of what had else been seen –

Like one, that on a lonesome road
Doth walk in fear and dread,
And having once turned round walks on,
And turns no more his head;
Because he knows, a frightful fiend
Doth close behind him tread.

But soon there breathed a wind on me,
Nor sound nor motion made:
Its path was not upon the sea,
In ripple or in shade.

schneller nach Norden treiben als menschliches Leben es ertragen könnte.

Flieg, Bruder, flieg! Höher, höher! / Oder wir werden uns verspäten: / Denn immer langsamer wird das Schiff fahren, / wenn der Seemann wieder zu Bewußtsein kommt.«

Die übernatürliche Bewegung verlangsamt sich; der Seemann erwacht, und seine Buße beginnt von neuem.

Ich erwachte, und wir segelten weiter / wie bei ruhigem Wetter: / Es war Nacht, stille Nacht, der Mond stand hoch; / die Toten standen beisammen.

Alle standen beisammen auf dem Deck, / sie gehörten eigentlich in ein Beinhaus: / Alle hefteten auf mich ihre starren Augen, / die im Mondschein glitzerten.

Die Qual, der Fluch ihrer Todesstunde / war nie geschwunden: / Ich konnte meine Augen nicht von ihren abwenden / noch sie zum Gebet nach oben richten.

Der Fluch ist endlich gesühnt.

Und dann brach der Bann: Noch einmal / sah ich auf den grünen Ozean / und blickte weit hinaus, doch gewahrte kaum, / was sonst zu sehen gewesen war –

Wie jemand, der eine einsame Straße / in Furcht und Schrecken entlangzieht / und, nachdem er sich einmal umgedreht hat, weitergeht / und den Kopf nicht mehr wendet, / weil er weiß, daß ein furchtbarer Geist / ihm dicht auf den Fersen ist.

Doch bald umwehte mich ein Wind, / geräuschlos und ohne Bewegung: / Keine Spur war auf dem Meer zu sehen: / kein Kräuseln und kein Schatten.

It raised my hair, it fanned my cheek
Like a meadow-gale of spring –
It mingled strangely with my fears,
Yet it felt like a welcoming.

Swiftly, swiftly flew the ship,
Yet she sailed softly too:
Sweetly, sweetly blew the breeze –
On me alone it blew.

And the ancient Mariner beholdeth his native country.

Oh! dream of joy! is this indeed
The light-house top I see?
Is this the hill? is this the kirk?
Is this mine own countree?

We drifted o'er the harbour-bar,
And I with sobs did pray –
O let me be awake, my God!
Or let me sleep alway.

The harbour-bay was clear as glass,
So smoothly it was strewn!
And on the bay the moonlight lay,
And the shadow of the Moon.

The rock shone bright, the kirk no less,
That stands above the rock:
The moonlight steeped in silentness
The steady weathercock.

And the bay was white with silent light,
Till rising from the same,
Full many shapes, that shadows were,
In crimson colours came.

The angelic spirits leave the dead bodies,

Er hob mein Haar, er fächelte meine Wangen / wie ein sanfter Frühlingswind, der über die Wiesen streicht – / er vermischte sich aufs seltsamste mit meinen Ängsten, / dennoch empfand ich ihn wie ein Willkommen.

Schnell, schnell flog das Schiff, [460] / doch es segelte dabei ruhig: / Sanft, sanft wehte der Wind – / er umwehte mich allein.

Und der alte Seemann erblickt sein Heimatland.

O Freudentraum! Ist das wirklich / die Leuchtturmspitze, die ich sehe? [465] / Ist das der Berg? Ist das die Kirche? / Ist dies mein Heimatland?

Wir glitten in die Hafenbucht, / und ich betete unter Seufzen – / O laß mich wach sein, Herr mein Gott! [470] / oder laß mich ewig schlafen.

Die Hafenbucht war klar wie Glas, / so ruhig und still lag sie da! / Und auf der Bucht lag der Mondschein / und der Schatten des Mondes. [475]

Der Fels schien hell, ebenso die Kirche, / die auf dem Felsen steht: / Der Mondschein tauchte in tiefe Stille / den regungslosen Wetterhahn.

Die himmlischen Geister verlassen die toten Körper

Und die Bucht war weiß von stillem Licht, [480] / bis sich aus diesem / viele Gestalten, die Schatten waren, erhoben / und sich in roten Farben näherten.

And appear in their own forms of light.

A little distance from the prow
Those crimson shadows were:
I turned my eyes upon the deck –
Oh, Christ! what saw I there!

Each corse lay flat, lifeless and flat,
And, by the holy rood!
A man all light, a seraph-man,
On every corse there stood.

This seraph-band, each waved his hand:
It was a heavenly sight!
They stood as signals to the land,
Each one a lovely light;

This seraph-band, each waved his hand,
No voice did they impart –
No voice; but oh! the silence sank
Like music on my heart.

But soon I heard the dash of oars,
I heard the Pilot's cheer;
My head was turned perforce away,
And I saw a boat appear.

The Pilot and the Pilot's boy,
I heard them coming fast:
Dear Lord in Heaven! it was a joy
The dead men could not blast.

I saw a third – I heard his voice:
It is the Hermit good!
He singeth loud his godly hymns
That he makes in the wood.
He'll shrieve my soul, he'll wash away
The Albatross's blood.

Und erscheinen in ihren eigenen Lichtgestalten.

Nicht weit vor dem Bug / waren diese roten Schatten: / Ich wandte meine Augen zum Deck – / O Gott! was sah ich da!

Jeder Leichnam lag leblos und hingestreckt, / und, beim Gekreuzigten! / ein Mann ganz Licht, ein Engel, / stand auf jedem Leichnam.

Diese Schar von Engeln, jeder winkte mit der Hand: / Es war ein himmlischer Anblick! / Sie standen wie Signale für das Land, / jeder ein wunderbares Licht;

Diese Schar von Engeln, jeder winkte mit der Hand, / sie sagten kein Wort – / kein Wort; aber ach, die Stille sank / mir wie Musik ins Herz.

Doch bald vernahm ich Ruderschläge, / ich hörte den Lotsenruf; / ich mußte meinen Kopf wegwenden, / und ich sah, wie ein Boot auftauchte.

Der Lotse und der Lotsenjunge, / ich hörte, wie sie schnell herankamen: / Gütiger Gott im Himmel! Es war eine Freude, / die die Toten nicht trüben konnten.

Ich sah einen dritten – ich hörte seine Stimme: / Es ist der gute Einsiedler! / Er singt laut seine frommen Lieder, / die er im Wald ersinnt. / Er wird meine Seele freisprechen, er wird mir / das Blut des Albatros abwaschen.

PART VII

The Hermit of the Wood,

This Hermit good lives in that wood
Which slopes down to the sea.
How loudly his sweet voice he rears!
He loves to talk with marineres
That come from a far countree.

He kneels at morn, and noon, and eve –
He hath a cushion plump:
It is the moss that wholly hides
The rotted old oak-stump.

The skiff-boat neared: I heard them talk,
'Why, this is strange, I trow!
Where are those lights so many and fair,
That signal made but now?'

Approacheth the ship with wonder.

'Strange, by my faith!' the Hermit said –
'And they answered not our cheer!
The planks looked warped! and see those sails,
How thin they are and sere!
I never saw aught like to them,
Unless perchance it were

Brown skeletons of leaves that lag
My forest-brook along;
When the ivy-tod is heavy with snow,
And the owlet whoops to the wolf below,
That eats the she-wolf's young.'

'Dear Lord! it hath a fiendish look –
(The Pilot made reply)
I am a-feared' – 'Push on, push on!'
Said the Hermit cheerily.

TEIL VII

Der Einsiedler des Waldes

Dieser gute Einsiedler lebt in dem Wald, / der sich hinunter zum Meer zieht. [515] / Wie laut er seine liebe Stimme erhebt! / Er spricht gern mit Seeleuten, / die aus einem fernen Land kommen.

Er kniet morgens, mittags, abends – / er hat ein weiches Kissen: [520] / Es ist das Moos, das / den morschen alten Eichenstrunk ganz bedeckt.

Das Boot näherte sich: Ich hörte sie sprechen: / »Das kommt mir seltsam vor! / Wo sind die vielen wunderbaren Lichter, [525] / die gerade eben noch Signale gaben?«

Nähert sich dem Schiff mit Verwunderung.

»Seltsam, bei Gott!« sagte der Einsiedler – / »und sie antworteten nicht unserem Ruf! / Die Planken sind verzogen! Und sieh diese Segel, / wie dünn und verschlissen sie sind! [530] / Ich habe nie etwas Ähnliches gesehen, / außer vielleicht

Das braune Blattgerippe, das / meinen Waldbach heruntertreibt; / wenn der Efeubusch schwer von Schnee ist [535] / und die Eule zum Wolf hinunterschreit, / der die Jungen der Wölfin frißt.«

»Großer Gott! Es sieht so gespenstisch aus – / (antwortete der Lotse) / ich fürchte mich.« – »Rudere weiter, rudere weiter!« [540] / sagte aufmunternd der Einsiedler.

The boat came closer to the ship,
But I nor spake nor stirred;
The boat came close beneath the ship,
And straight a sound was heard.

The ship suddenly sinketh.

Under the water it rumbled on,
Still louder and more dread:
It reached the ship, it split the bay;
The ship went down like lead.

The ancient Mariner is saved in the Pilot's boat.

Stunned by that loud and dreadful sound,
Which sky and ocean smote,
Like one that hath been seven days drowned
My body lay afloat;
But swift as dreams, myself I found
Within the Pilot's boat.

Upon the whirl, where sank the ship,
The boat spun round and round;
And all was still, save that the hill
Was telling of the sound.

I moved my lips – the Pilot shrieked
And fell down in a fit;
The holy Hermit raised his eyes,
And prayed where he did sit.

I took the oars: the Pilot's boy,
Who now doth crazy go,
Laughed loud and long, and all the while
His eyes went to and fro.
'Ha! ha!' quoth he, 'full plain I see,
The Devil knows how to row.'

And now, all in my own countree,
I stood on the firm land!

Das Boot kam näher an das Schiff heran, / aber ich sprach und bewegte mich nicht; / das Boot lag nahe unter dem Schiff, / und plötzlich erhob sich ein Lärm. [545]

Das Schiff sinkt plötzlich.

Unter dem Wasser dröhnte es fort, / noch lauter und furchtbarer: / Es erreichte das Schiff, es riß die Bucht auf; / das Schiff ging unter wie Blei.

Der alte Seemann wird in das Boot des Lotsen gerettet.

Betäubt von dem lauten und furchtbaren Lärm, [550] / der Himmel und Meer erschütterte, / wie einer, der vor sieben Tagen ertrunken ist, / trieb ich auf den Wellen; / doch schnell wie ein Traum fand ich mich / im Boot des Lotsen. [555]

In dem Sog, wo das Schiff versank, / drehte sich das Boot kreiselnd; / und alles war still, außer daß vom Berge / der Lärm widerhallte.

Ich bewegte die Lippen – der Lotse schrie auf [560] / und fiel in Ohnmacht nieder; / der heilige Einsiedler blickte auf / und betete, wo er saß.

Ich nahm die Ruder: Der Lotsenjunge, / der jetzt wahnsinnig ist, [565] / lachte laut und lang, und die ganze Zeit über / gingen seine Augen hin und her. / »Ha! Ha!« schrie er, »ganz klar sehe ich, / daß der Teufel rudern kann.«

Und nun, in meinem Heimatland, [570] / stand ich auf festem Boden! / Der Einsiedler trat aus

The Hermit stepped forth from the boat,
And scarcely he could stand.

The ancient Mariner earnestly entreateth the Hermit to shrieve him; and the penance of life falls on him.

'O shrieve me, shrieve me, holy man!'
The Hermit crossed his brow.
'Say quick,' quoth he, 'I bid thee say –
What manner of man art thou?'

Forthwith this frame of mine was wrenched
With a woful agony,
Which forced me to begin my tale;
And then it left me free.

And ever and anon throughout his future life an agony constraineth him to travel from land to land;

Since then, at an uncertain hour,
That agony returns:
And till my ghastly tale is told,
This heart within me burns.

I pass, like night, from land to land;
I have strange power of speech;
That moment that his face I see,
I know the man that must hear me:
To him my tale I teach.

What loud uproar bursts from that door!
The wedding-guests are there:
But in the garden-bower the bride
And bride-maids singing are:
And hark the little vesper bell,
Which biddeth me to prayer!

O Wedding-Guest! this soul hath been
Alone on a wide wide sea:
So lonely 'twas, that God himself
Scarce seeméd there to be.

dem Boot heraus, / und er konnte kaum stehen.

Der alte Seemann bittet den Einsiedler inständig, ihn zu erlösen; und die Lebensbuße wird ihm auferlegt.

»O erlös mich, erlös mich, heiliger Mann!« / Der Einsiedler bekreuzigte sich. / »Sag schnell«, sprach er, »ich bitt dich, sag – / was bist du für ein Mann?«

Sogleich wurde dieser mein Körper gepeinigt / von einem wilden Schmerz, / der mich zwang, meine Geschichte anzufangen; / und dann ließ er von mir ab.

Und von nun an zwingt ihn immer wieder in seinem weiteren Leben ein Schmerz, von Land zu Land zu reisen;

Seitdem kehrt, zu unbestimmter Stunde, / dieser Schmerz zurück: / Und bis ich meine furchtbare Geschichte erzählt habe, / brennt das Herz in mir.

Ich gehe, wie die Nacht, von Land zu Land; / ich habe eine seltsame Macht der Rede; / in dem Augenblick, in dem ich sein Gesicht sehe, / erkenne ich den Mann, der mir zuhören muß: / Ihn lehre ich meine Geschichte.

Welch lauter Lärm dringt aus jener Tür! / Die Hochzeitsgäste sind dort versammelt: / Aber in der Gartenlaube singen die Braut / und die Brautjungfern: / Und horch, die kleine Abendglocke, / die mich zum Gebet ruft!

O Hochzeitsgast! Meine Seele war / allein auf weiter, weiter See: / So einsam war es, daß Gott selbst / kaum da zu sein schien.

O sweeter than the marriage-feast,
'Tis sweeter far to me,
To walk together to the kirk
With a goodly company! –

To walk together to the kirk,
And all together pray,
While each to his great Father bends,
Old men, and babes, and loving friends
And youths and maidens gay!

And to teach, by his own example, love and reverence to all things that God made and loveth.

Farewell, farewell! but this I tell
To thee, thou Wedding-Guest!
He prayeth well, who loveth well
Both man and bird and beast.

He prayeth best, who loveth best
All things both great and small;
For the dear God who loveth us,
He made and loveth all.

The Mariner, whose eye is bright,
Whose beard with age is hoar,
Is gone: and now the Wedding-Guest
Turned from the bridegroom's door.

He went like one that hath been stunned,
And is of sense forlorn:
A sadder and a wiser man,
He rose the morrow morn.

1797–1798.

O schöner als das Hochzeitsfest, / viel schöner ist es für mich, / zur Kirche zu gehen / zusammen mit einer ansehnlichen Gesellschaft! –

Zusammen zur Kirche zu gehen / und zusammen zu beten, / während sich jeder vor seinem himmlischen Vater beugt, / alte Männer und Kinder und liebe Freunde / und Jünglinge und fröhliche Mädchen!

Und durch sein eigenes Beispiel Liebe zu lehren und Ehrfurcht vor allen Dingen, die Gott schuf und liebt.

Leb wohl, leb wohl! Aber dieses sag ich / dir, du Hochzeitsgast! / Der betet gut, der / Mensch und Vogel und Tier liebt.

Der betet am besten, der / alle Kreatur, ob groß, ob klein, von Herzen liebt; / denn der gütige Gott, der uns liebt, / schuf und liebt alle.

Der Seemann, dessen Auge leuchtet, / dessen Bart vor Alter weiß ist, / ist fort: Und nun wandte sich / der Hochzeitsgast vom Haus des Bräutigams ab.

Er ging wie einer, der betäubt / und seiner Sinne beraubt ist: / Ernster und weiser / stand er am nächsten Morgen auf.

Christabel

PART I

'Tis the middle of night by the castle clock,
And the owls have awakened the crowing cock;
Tu – whit! – – Tu – whoo!
And hark, again! the crowing cock,
How drowsily it crew.

Sir Leoline, the Baron rich,
Hath a toothless mastiff bitch;
From her kennel beneath the rock
She maketh answer to the clock,
Four for the quarters, and twelve for the hour;
Ever and aye, by shine and shower,
Sixteen short howls, not over loud;
Some say, she sees my lady's shroud.

Is the night chilly and dark?
The night is chilly, but not dark.
The thin gray cloud is spread on high,
It covers but not hides the sky.
The moon is behind, and at the full;
And yet she looks both small and dull.
The night is chill, the cloud is gray:
'Tis a month before the month of May,
And the Spring comes slowly up this way.

The lovely lady, Christabel,
Whom her father loves so well,
What makes her in the wood so late,
A furlong from the castle gate?
She had dreams all yesternight
Of her own betrothéd knight;

Christabel

TEIL I

Es ist Mitternacht nach der Turmuhr, / und die Eulen haben den krähenden Hahn geweckt: / tu-witt! – tu-huh! / Und horch, noch einmal! der krähende Hahn, / wie schläfrig er krähte.

Sir Leoline, der reiche Graf, / hat eine zahnlose Dogge; / aus ihrer Hütte unter dem Felsen / gibt sie dem Glockenschlag Antwort, / vier für die Viertelstunden und zwölf für die Stunde; / immer und ewig, bei Sonne und Regen, / sechzehn kurze Klagetöne, nicht zu laut; / manche sagen, sie sieht das Leichentuch der Herrin.

Ist die Nacht frostig und düster? / Die Nacht ist frostig, aber nicht düster. / Die dünnen, grauen Wolken sind hoch droben ausgebreitet, / sie bedecken den Himmel, doch verhüllen ihn nicht. / Der Mond ist dahinter, und es ist Vollmond; / und doch sieht er klein und matt aus. / Die Nacht ist frostig, die Wolken sind grau: / Es ist ein Monat vor dem Monat Mai, / und der Frühling zieht hier nur langsam herauf.

Das liebliche Edelfräulein, Christabel, / die ihr Vater so sehr liebt, / was bringt sie so spät in den Wald, / unweit vom Burgtor? / Sie träumte die ganze letzte Nacht / von dem ihr

And she in the midnight wood will pray
For the weal of her lover that's far away.

She stole along, she nothing spoke,
The sighs she heaved were soft and low,
And naught was green upon the oak
But moss and rarest misletoe:
She kneels beneath the huge oak tree,
And in silence prayeth she.

The lady sprang up suddenly,
The lovely lady, Christabel!
It moaned as near, as near can be,
But what it is she cannot tell. –
On the other side it seems to be,
Of the huge, broad-breasted, old oak tree.

The night is chill; the forest bare;
Is it the wind that moaneth bleak?
There is not wind enough in the air
To move away the ringlet curl
From the lovely lady's cheek –
There is not wind enough to twirl
The one red leaf, the last of its clan,
That dances as often as dance it can,
Hanging so light, and hanging so high,
On the topmost twig that looks up at the sky.

Hush, beating heart of Christabel!
Jesu, Maria, shield her well!
She folded her arms beneath her cloak,
And stole to the other side of the oak.
What sees she there?

There she sees a damsel bright,
Drest in a silken robe of white,

anverlobten Ritter; / und sie will in dem mitternächtlichen Wald / für das Heil ihres Liebsten beten, der weit weg ist.

Sie huschte entlang, sie sprach kein Wort, / die Seufzer, die sie ausstieß, waren leise und schwach, / und nichts war grün auf der Eiche / als Moos und spärliche Mistel: / Sie kniet unter dem mächtigen Eichbaum, / und schweigend betet sie.

Das Fräulein sprang plötzlich auf, / das liebliche Fräulein, Christabel! / Etwas stöhnte so nahe, wie es näher nicht sein kann, / doch was es ist, kann sie nicht sagen. – / Auf der anderen Seite / des mächtigen, breitbrüstigen, alten Eichbaums scheint es zu sein.

Die Nacht ist frostig; der Wald kahl; / ist es der Wind, der dumpf stöhnt? / Es ist nicht Wind genug in der Luft, / um die Ringellocke / von der Wange des lieblichen Fräuleins zu wehen – / es ist nicht Wind genug, / um das eine rote Blatt, das letzte seines Geschlechts, zu bewegen, / das so oft tanzt, wie es nur tanzen kann, / das so leicht hängt und so hoch hängt / an dem obersten Zweig, der zum Himmel aufblickt.

Still, klopfendes Herz von Christabel! / Jesus, Maria, beschirmt sie gut! / Sie verschränkte ihre Arme unter dem Mantel / und huschte auf die andere Seite der Eiche. / Was sieht sie dort?

Dort sieht sie ein Mädchen leuchtend hell, / gekleidet in ein weißes Seidengewand, / das schattenhaft im Mondlicht schim-

That shadowy in the moonlight shone:
The neck that made that white robe wan,
Her stately neck, and arms were bare;
Her blue-veined feet unsandal'd were,
And wildly glittered here and there
The gems entangled in her hair.
I guess, 'twas frightful there to see
A lady so richly clad as she –
Beautiful exceedingly!

Mary mother, save me now!
(Said Christabel,) And who art thou?

The lady strange made answer meet,
And her voice was faint and sweet: –
Have pity on my sore distress,
I scarce can speak for weariness:
Stretch forth thy hand, and have no fear!
Said Christabel, How camest thou here?
And the lady, whose voice was faint and sweet,
Did thus pursue her answer meet: –

My sire is of a noble line,
And my name is Geraldine:
Five warriors seized me yestermorn,
Me, even me, a maid forlorn:
They choked my cries with force and fright,
And tied me on a palfrey white.
The palfrey was as fleet as wind,
And they rode furiously behind.
They spurred amain, their steeds were white:
And once we crossed the shade of night.
As sure as Heaven shall rescue me,
I have no thought what men they be;
Nor do I know how long it is
(For I have lain entranced I wis)

merte: [60] / Der Hals, der das weiße Gewand blaß erscheinen ließ, / ihr stolzer Hals und ihre Arme waren bloß; / ihre blau-geäderten Füße waren unbeschuht, / und wild glitzerten hier und da / die Edelsteine, die in ihr Haar geflochten waren. [65] / Ich glaube, es war erschreckend, dort / ein Edelfräulein so reich gekleidet wie sie zu sehen – / über alle Maßen schön!

Mutter Maria, steh mir bei, / sagte Christabel, und wer bist du? [70]

Das fremde Fräulein gab geziemend Antwort, / und ihre Stimme war schwach und süß: / Erbarme dich meiner tiefen Not, / ich kann kaum sprechen vor Erschöpfung: / Streck deine Hand aus, und fürchte dich nicht, [75] / sagte Christabel, wie kamst du hierher? / Und das Fräulein, dessen Stimme schwach und süß war, / fuhr so fort mit ihrer geziemenden Antwort:

Mein Vater ist von edlem Geschlecht, / und ich heiße Geraldine: [80] / Fünf Krieger ergriffen mich gestern früh, / mich, gerade mich, ein hilfloses Mädchen: / Sie erstickten meine Schreie mit Gewalt und Drohung / und banden mich auf einen weißen Zelter. / Der Zelter war schnell wie der Wind, [85] / und sie ritten ungestüm hinterher. / Sie ritten geschwind, ihre Rosse waren weiß: / Und einmal durchquerten wir den Schatten der Nacht. / So gewiß wie mich der Himmel retten soll, / habe ich keine Vorstellung, was für Männer es sind; [90] / noch weiß ich, wie lange es her ist / (denn ich habe betäubt gelegen, fürwahr), / seit einer, der größte von

Since one, the tallest of the five,
Took me from the palfrey's back,
A weary woman, scarce alive.
Some muttered words his comrades spoke:
He placed me underneath this oak;
He swore they would return with haste;
Whither they went I cannot tell –
I thought I heard, some minutes past,
Sounds as of a castle bell.
Stretch forth thy hand (thus ended she),
And help a wretched maid to flee.

Then Christabel stretched forth her hand,
And comforted fair Geraldine:
O well, bright dame! may you command
The service of Sir Leoline;
And gladly our stout chivalry
Will he send forth and friends withal
To guide and guard you safe and free
Home to your noble father's hall.

She rose: and forth with steps they passed
That strove to be, and were not, fast.
Her gracious stars the lady blest,
And thus spake on sweet Christabel:
All our household are at rest,
The hall as silent as the cell;
Sir Leoline is weak in health,
And may not well awakened be,
But we will move as if in stealth,
And I beseech your courtesy,
This night, to share your couch with me.

They crossed the moat, and Christabel
Took the key that fitted well;
A little door she opened straight,

den fünfen, / mich vom Rücken des Zelters nahm, / eine erschöpfte Frau, kaum noch lebendig. [95] / Einige gemurmelte Worte sprachen seine Gefährten: / Er legte mich hier unter die Eiche; / er schwor, sie würden schnell zurückkehren; / wohin sie ritten, kann ich nicht sagen – / ich glaubte, ich hörte vor einigen Minuten [100] / Schläge wie von einer Turmuhr. / Streck deine Hand aus (so schloß sie) / und hilf einem unglücklichen Mädchen fliehen.

Da streckte Christabel ihre Hand aus / und tröstete die holde Geraldine: [105] / O gern, schönes Fräulein! könnt Ihr / über die Dienste Sir Leolines verfügen; / und freudig wird er unsere kühne Ritterschaft / aussenden und Freunde überdies, / um Euch sicher und frei schützend [110] / heim zu dem Sitz Eures edlen Vaters zu geleiten.

Sie erhob sich: Und fort gingen sie mit Schritten, / die schnell sein wollten und es nicht waren. / Ihre gütigen Sterne segnete das Fräulein, / und die liebliche Christabel sprach so weiter: [115] / Unser ganzes Haus hat sich zur Ruhe gelegt, / die Halle ist still wie die Zelle; / Sir Leoline ist bei schwacher Gesundheit / und sollte besser nicht aufgeweckt werden, / aber wir wollen uns in aller Heimlichkeit bewegen, [120] / und ich bitte Euch zu geruhen, / für diese Nacht Euer Lager mit mir zu teilen.

Sie überquerten den Burggraben, und Christabel / nahm den Schlüssel, der gut paßte; / eine kleine Tür öffnete sie sogleich, [125] / ganz in der Mitte des Tores; / das Tor, das

All in the middle of the gate;
The gate that was ironed within and without,
Where an army in battle array had marched out.
The lady sank, belike through pain,
And Christabel with might and main
Lifted her up, a weary weight,
Over the threshold of the gate:
Then the lady rose again,
And moved, as she were not in pain.

So free from danger, free from fear,
They crossed the court: right glad they were.
And Christabel devoutly cried
To the lady by her side,
Praise we the Virgin all divine
Who hath rescued thee from thy distress!
Alas, alas! said Geraldine,
I cannot speak for weariness.
So free from danger, free from fear,
They crossed the court: right glad they were.

Outside her kennel, the mastiff old
Lay fast asleep, in moonshine cold.
The mastiff old did not awake,
Yet she an angry moan did make!
And what can ail the mastiff bitch?
Never till now she uttered yell
Beneath the eye of Christabel.
Perhaps it is the owlet's scritch:
For what can ail the mastiff bitch?

They passed the hall, that echoes still,
Pass as lightly as you will!
The brands were flat, the brands were dying,
Amid their own white ashes lying;
But when the lady passed, there came

innen und außen mit Eisen beschlagen war, / wo ein Heer in Schlachtordnung ausmarschiert war. / Das Fräulein sank nieder, wohl wie im Schmerz, / und Christabel hob sie auf / mit ihrer ganzen Kraft, eine beschwerliche Last, / über die Schwelle des Tores: / Da erhob sich das Fräulein wieder / und ging weiter, als hätte sie keine Schmerzen.

So, befreit von Gefahr, befreit von Furcht, / überquerten sie den Hof: Von Herzen froh waren sie. / Und Christabel sagte andächtig / zu dem Fräulein an ihrer Seite, / laß uns die himmlische Jungfrau lobpreisen, / die dich aus deiner Not errettet hat! / O weh, o weh! sagte Geraldine, / ich kann nicht sprechen vor Erschöpfung. / So, befreit von Gefahr, befreit von Furcht, / überquerten sie den Hof: Von Herzen froh waren sie.

Draußen vor der Hütte lag die alte Dogge / in tiefem Schlaf, im kalten Mondschein. / Die alte Dogge erwachte nicht, / doch stieß sie einen zornigen Klagelaut aus! / Und was kann der Dogge fehlen? / Bis heute hat sie noch niemals angeschlagen / unter den Augen von Christabel. / Vielleicht ist es der Schrei des Käuzchens: / Denn was kann der alten Dogge fehlen?

Sie gingen durch den Saal, der immer widerhallt, / auch wenn man noch so leicht hindurchgeht! / Die Scheite brannten niedrig, die Scheite verglühten / und lagen in ihrer eigenen weißen Asche; / doch als das Fräulein vorbeiging,

A tongue of light, a fit of flame;
And Christabel saw the lady's eye,
And nothing else saw she thereby,
Save the boss of the shield of Sir Leoline tall,
Which hung in a murky old niche in the wall.
O softly tread, said Christabel,
My father seldom sleepeth well.

Sweet Christabel her feet doth bare,
And jealous of the listening air
They steal their way from stair to stair,
Now in glimmer, and now in gloom,
And now they pass the Baron's room,
As still as death, with stifled breath!
And now have reached her chamber door;
And now doth Geraldine press down
The rushes of the chamber floor.

The moon shines dim in the open air,
And not a moonbeam enters here.
But they without its light can see
The chamber carved so curiously,
Carved with figures strange and sweet,
All made out of the carver's brain,
For a lady's chamber meet:
The lamp with twofold silver chain
Is fastened to an angel's feet.

The silver lamp burns dead and dim;
But Christabel the lamp will trim.
She trimmed the lamp, and made it bright,
And left it swinging to and fro,
While Geraldine, in wretched plight,
Sank down upon the floor below.

O weary lady, Geraldine,
I pray you, drink this cordial wine!

schlug / eine Feuerzunge empor, eine plötzliche Flamme; / und Christabel sah das Auge des Fräuleins, / und nichts anderes sah sie da / als den Knauf von Sir Leolines großem Schild, / der in einer düsteren, alten Wandnische hing. / Oh, geh leise, sagte Christabel, / mein Vater schläft selten gut.

Die liebliche Christabel entblößt ihre Füße, / und voll Argwohn gegen die lauschende Luft / stehlen sie sich auf ihrem Weg von Treppe zu Treppe, / bald im schwachen Schein und bald im Dunkeln, / und jetzt gehen sie am Gemach des Grafen vorbei, / so still wie der Tod, mit angehaltenem Atem! / Und jetzt haben sie die Tür ihrer Kemenate erreicht; / und jetzt tritt Geraldine / die Binsenstreu auf dem Fußboden der Kemenate nieder.

Der Mond scheint draußen trübe, / und nicht ein Mondstrahl dringt hier ein. / Aber sie können ohne sein Licht / die Kemenate sehen, die so kunstvoll geschnitzt ist, / geschnitzt mit sonderbaren und lieblichen Figuren, / alle dem Kopf des Bildhauers entsprungen, / wie sie der Kemenate eines Edelfräuleins geziemen: / Die Ampel ist mit einer zweifachen Silberkette / an den Füßen eines Engels befestigt.

Die Silberampel brennt matt und trüb; / doch Christabel wird die Ampel richten. / Sie richtete die Ampel und machte sie hell / und ließ sie hin und her schwingend zurück, / während Geraldine in elendem Zustand / auf den Boden niedersank.

O erschöpftes Fräulein, Geraldine, / ich bitt Euch, trinkt diesen stärkenden Wein! / Es ist ein Wein von wirk-

It is a wine of virtuous powers;
My mother made it of wild flowers.

And will your mother pity me,
Who am a maiden most forlorn?
Christabel answered – Woe is me!
She died the hour that I was born.
I have heard the grey-haired friar tell
How on her death-bed she did say,
That she should hear the castle-bell
Strike twelve upon my wedding-day.
O mother dear! that thou wert here!
I would, said Geraldine, she were!

But soon with altered voice, said she –
'Off, wandering mother! Peak and pine!
I have power to bid thee flee.'
Alas! what ails poor Geraldine?
Why stares she with unsettled eye?
Can she the bodiless dead espy?
And why with hollow voice cries she,
'Off, woman, off! this hour is mine –
Though thou her guardian spirit be,
Off, woman, off! 'tis given to me.'

Then Christabel knelt by the lady's side,
And raised to heaven her eyes so blue –
Alas! said she, this ghastly ride –
Dear lady! it hath wildered you!
The lady wiped her moist cold brow,
And faintly said, "tis over now!'

Again the wild-flower wine she drank:
Her fair large eyes 'gan glitter bright,
And from the floor whereon she sank,
The lofty lady stood upright:

samer Kraft; / meine Mutter machte ihn aus wilden Blumen.

Und wird Eure Mutter Mitleid mit mir haben, / die ich ein ganz hilfloses Mädchen bin? / Christabel antwortete – Ach ich Ärmste! / Sie starb in der Stunde, als ich geboren wurde. / Ich hörte den grauhaarigen Mönch erzählen, / wie sie auf dem Totenbett gesagt habe, / sie würde die Turmuhr / an meinem Hochzeitstag zwölf schlagen hören. / Ach liebe Mutter! daß du hier wärest! / Ich wünschte, sagte Geraldine, sie wäre es!

Doch bald sagte sie mit veränderter Stimme: / »Fort, ruhelose Mutter! Gram sei dir und Harm! / Ich habe Macht, dich fliehen zu heißen.« / O weh! was fehlt der armen Geraldine? / Warum starrt sie mit unstetem Blick? / Kann sie die körperlosen Toten erblicken? / Und warum ruft sie mit hohler Stimme: / »Fort, Weib, fort! diese Stunde ist mein – / bist du auch ihr Schutzgeist, / fort, Weib, fort! diese Stunde ist mir gegeben.«

Da kniete Christabel neben dem Fräulein nieder, / und zum Himmel erhob sie ihre Augen so blau – / O weh! sagte sie, dieser grausige Ritt – / liebes Fräulein! er hat Euch verwirrt! / Das Fräulein wischte sich die feuchte, kalte Stirn ab / und sagte mit schwacher Stimme: »Es ist jetzt vorüber!«

Noch einmal trank sie von dem Wein aus wilden Blumen: / Ihre schönen, großen Augen begannen hell zu glitzern, / und von dem Boden, auf den sie gesunken war, / richtete sich das stolze Fräulein auf: / Sie war so wunder-

She was most beautiful to see,
Like a lady of a far countrée.

And thus the lofty lady spake –
'All they who live in the upper sky,
Do love you, holy Christabel!
And you love them, and for their sake
And for the good which me befel,
Even I in my degree will try,
Fair maiden, to requite you well.
But now unrobe yourself; for I
Must pray, ere yet in bed I lie.'

Quoth Christabel, So let it be!
And as the lady bade, did she.
Her gentle limbs did she undress,
And lay down in her loveliness.

But through her brain of weal and woe
So many thoughts moved to and fro,
That vain it were her lids to close;
So half-way from the bed she rose,
And on her elbow did recline
To look at the lady Geraldine.

Beneath the lamp the lady bowed,
And slowly rolled her eyes around;
Then drawing in her breath aloud,
Like one that shuddered, she unbound
The cincture from beneath her breast:
Her silken robe, and inner vest,
Dropt to her feet, and full in view,
Behold! her bosom and half her side ––
A sight to dream of, not to tell!
O shield her! shield sweet Christabel!

schön anzusehen, / wie eine Edelfrau aus fernem Land. [225]

Und so sprach das stolze Fräulein: / »Alle, die im höchsten Himmel wohnen, / lieben Euch, fromme Christabel! / Und Ihr liebt sie, und um ihretwillen / und um des Guten willen, das mir zuteil wurde, [230] / will auch ich nach meinem Rang versuchen, / schönes Mädchen, Euch wohl zu belohnen. / Doch nun entkleidet Euch; denn ich / muß noch beten, bevor ich mich ins Bett lege.«

Da sagte Christabel: So soll es sein! [235] / Und tat, wie sie das Fräulein hieß. / Ihre zarten Glieder entkleidete sie / und legte sich nieder in ihrer Lieblichkeit.

Doch durch ihren Sinn bewegten sich / so viele Gedanken von Wohl und Wehe, [240] / daß es vergeblich gewesen wäre, die Augen zu schließen; / so richtete sie sich in ihrem Bett halb auf / und stützte sich auf ihren Ellbogen, / um das Fräulein Geraldine anzusehen.

Unter der Ampel beugte sich das Fräulein nieder [245] / und ließ langsam ihre Augen umherwandern; / dann zog sie laut den Atem ein / wie jemand, den es schauderte, und löste / den Gürtel unter ihrer Brust: / Ihr seidenes Kleid und ihr Untergewand [250] / glitten nieder auf ihre Füße, und ganz sichtbar, / sieh! ihr Busen und ihre Seite zur Hälfte – / ein Anblick zum Träumen und nicht zum Aussprechen! / O beschirmt sie! Beschirmt die liebliche Christabel!

Yet Geraldine nor speaks nor stirs;
Ah! what a stricken look was hers!
Deep from within she seems half-way
To lift some weight with sick assay,
And eyes the maid and seeks delay;
Then suddenly, as one defied,
Collects herself in scorn and pride,
And lay down by the Maiden's side! –
And in her arms the maid she took,
        Ah wel-a-day!
And with low voice and doleful look
These words did say:
'In the touch of this bosom there worketh a spell,
Which is lord of thy utterance, Christabel!
Thou knowest to-night, and wilt know to-morrow,
This mark of my shame, this seal of my sorrow;
    But vainly thou warrest,
      For this is alone in
    Thy power to declare,
      That in the dim forest
    Thou heard'st a low moaning,
And found'st a bright lady, surpassingly fair;
And didst bring her home with thee in love and in charity,
To shield her and shelter her from the damp air.'

THE CONCLUSION TO PART I

It was a lovely sight to see
The lady Christabel, when she
Was praying at the old oak tree.
    Amid the jaggéd shadows
    Of mossy leafless boughs,
    Kneeling in the moonlight,
    To make her gentle vows;

Doch Geraldine spricht nicht und rührt sich nicht; [255] / oh! wie betroffen war ihr Blick! / Tief aus ihrem Innern scheint sie halbwegs / eine Last krankhaft und mühselig emporzuheben / und richtet ihre Augen auf das Mädchen und sucht Aufschub; / dann plötzlich, wie herausgefordert, [260] / sammelt sie sich in Verachtung und Stolz / und legte sich an die Seite des Mädchens! – / Und sie nahm das Mädchen in ihre Arme, / o wehe! / Und mit leiser Stimme und traurigem Blick [265] / sagte sie diese Worte: / »In der Berührung dieses Busens wirkt ein Zauber, / der Herr über deine Worte ist, Christabel! / Du weißt heut nacht und wirst morgen wissen / um dieses Zeichen meiner Schande, dieses Siegel meines Leids; [270] / doch vergeblich sträubst du dich, / denn nur dies allein ist / in deiner Macht zu sagen, / daß du in dem dunklen Wald / ein leises Stöhnen hörtest [275] / und ein hell leuchtendes Edelfräulein fandest, über alle Maßen schön; / und sie mit nach Hause nahmst in Liebe und Barmherzigkeit, / um sie zu beschützen und zu beschirmen vor der feuchten Luft.«

DER SCHLUSS VON TEIL I

Es war ein lieblicher Anblick, / das Fräulein Christabel zu sehen, als sie [280] / bei dem alten Eichbaum betete. / Inmitten der gezackten Schatten / moosbewachsener, blattloser Äste, / im Mondschein kniend, / um ihre frommen Gelübde abzulegen; [285] / ihre schmalen Handflächen zusammenge-

Her slender palms together prest,
Heaving sometimes on her breast;
Her face resigned to bliss or bale –
Her face, oh call it fair not pale,
And both blue eyes more bright than clear,
Each about to have a tear.

With open eyes (ah woe is me!)
Asleep, and dreaming fearfully,
Fearfully dreaming, yet, I wis,
Dreaming that alone, which is –
O sorrow and shame! Can this be she,
The lady, who knelt at the old oak tree?
And lo! the worker of these harms,
That holds the maiden in her arms,
Seems to slumber still and mild,
As a mother with her child.

A star hath set, a star hath risen,
O Geraldine! since arms of thine
Have been the lovely lady's prison.
O Geraldine! one hour was thine –
Thou'st had thy will! By tairn and rill,
The night-birds all that hour were still.
But now they are jubilant anew,
From cliff and tower, tu – whoo! tu – whoo!
Tu – whoo! tu – whoo! from wood and fell!

And see! the lady Christabel
Gathers herself from out her trance;
Her limbs relax, her countenance
Grows sad and soft; the smooth thin lids
Close o'er her eyes; and tears she sheds –
Large tears that leave the lashes bright!
And oft the while she seems to smile
As infants at a sudden light!

preßt, / die sich zuweilen auf ihrer Brust hoben und senkten; / ihr Gesicht der Seligkeit oder dem Verderben still ergeben – / ihr Gesicht, o nennt es hell, nicht bleich, / und die beiden blauen Augen eher glänzend als klar, / und in jedem stieg eine Träne auf.

Mit offenen Augen (wehe mir!) / schlafend und Furchtbares träumend, / Furchtbares träumend, doch gewiß / nur das träumend, was – / o Schmerz und Schande! Kann dies sie sein, / das Fräulein, das am alten Eichbaum kniete? / Und seht! die dieses Unheil verursacht hat / und das Mädchen in den Armen hält, / scheint ruhig und sanft zu schlummern, / wie eine Mutter mit ihrem Kind.

Ein Stern ist versunken, ein Stern ist aufgegangen, / o Geraldine! seitdem deine Arme / das liebliche Fräulein gefangen haben. / O Geraldine! eine Stunde war dein – / du hattest deinen Willen! Am Bergsee und am Bach / waren die Nachtvögel diese ganze Stunde lang still. / Doch nun jubilieren sie aufs neue / von Klippe und Turm, tu-huh! tu-huh! / tu-huh! tu-huh! aus Wald und Moor!

Und seht! das Fräulein Christabel / erwacht aus ihrem Zauberschlaf; / ihre Glieder entspannen sich, ihr Antlitz / wird ernst und weich; die zarten, dünnen Lider / schließen sich über ihren Augen; und Tränen vergießt sie – / große Tränen, die unter den glänzenden Wimpern hervorkommen! / Und währenddessen scheint sie oft zu lächeln, / wie Kinder bei einem plötzlichen Licht!

Yea, she doth smile, and she doth weep,
Like a youthful hermitess,
Beauteous in a wilderness,
Who, praying always, prays in sleep.
And, if she move unquietly,
Perchance, 'tis but the blood so free
Comes back and tingles in her feet.
No doubt, she hath a vision sweet.
What if her guardian spirit 'twere,
What if she knew her mother near?
But this she knows, in joys and woes,
That saints will aid if men will call:
For the blue sky bends over all!

1797.

PART II

Each matin bell, the Baron saith,
Knells us back to a world of death.
These words Sir Leoline first said,
When he rose and found his lady dead:
These words Sir Leoline will say
Many a morn to his dying day!

And hence the custom and law began
That still at dawn the sacristan,
Who duly pulls the heavy bell,
Five and forty beads must tell
Between each stroke – a warning knell,
Which not a soul can choose but hear
From Bratha Head to Wyndermere.

Saith Bracy the bard, So let it knell!
And let the drowsy sacristan
Still count as slowly as he can!

Ja wirklich, sie lächelt, und sie weint, / wie eine junge Einsiedlerin, [320] / schön in der Wildnis, / die, da sie immer betet, auch im Schlafe betet. / Und wenn sie sich unruhig bewegt, / ist es vielleicht nur das Blut, / das so ungehemmt zurückfließt und in ihren Füßen prickelt. [325] / Kein Zweifel, sie hat ein liebliches Traumbild. / Wie, wenn es ihr Schutzgeist wäre, / wie, wenn sie ihre Mutter nahe wüßte? / Doch dieses weiß sie, in Freuden und Schmerzen, / daß die Heiligen helfen, wenn die Menschen sie nur anrufen: [330] / Denn der blaue Himmel wölbt sich über allen!

TEIL II

Jede Morgenglocke, sagt der Graf, / läutet uns zurück in eine Welt des Todes. / Diese Worte sprach Sir Leoline zum ersten Mal, / als er sich erhob und sah, daß seine Gemahlin tot war: [335] / Diese Worte wird Sir Leoline / noch manchen Morgen bis zu seinem Todestag sagen!

Und daraus entsprang der Brauch und die Regel, / daß stets zur Morgendämmerung der Küster, / der pünktlich die schwere Glocke läutet, [340] / fünfundvierzig Rosenkranzperlen beten muß / zwischen jedem Schlag – ein Mahngeläut, / dessen Klang sich keine Seele verschließen kann / von Bratha Head bis Wyndermere.

Sagt Bracy, der Barde: So laß es läuten! [345] / Und laß den schläfrigen Küster / immer zählen, so langsam er kann! / Es

There is no lack of such, I ween,
As well fill up the space between.
In Langdale Pike and Witch's Lair,
And Dungeon-ghyll so foully rent,
With ropes of rock and bells of air
Three sinful sextons' ghosts are pent,
Who all give back, one after t'other,
The death-note to their living brother;
And oft too, by the knell offended,
Just as their one! two! three! is ended,
The devil mocks the doleful tale
With a merry peal from Borodale.

The air is still! through mist and cloud
That merry peal comes ringing loud;
And Geraldine shakes off her dread,
And rises lightly from the bed;
Puts on her silken vestments white,
And tricks her hair in lovely plight,
And nothing doubting of her spell
Awakens the lady Christabel.
'Sleep you, sweet lady Christabel?
I trust that you have rested well.'

And Christabel awoke and spied
The same who lay down by her side –
O rather say, the same whom she
Raised up beneath the old oak tree!
Nay, fairer yet! and yet more fair!
For she belike hath drunken deep
Of all the blessedness of sleep!
And while she spake, her looks, her air
Such gentle thankfulness declare,
That (so it seemed) her girded vests
Grew tight beneath her heaving breasts.
'Sure I have sinn'd!' said Christabel,

fehlt, wähne ich, nicht an solchen, / die die Pausen dazwischen gut ausfüllen. / In Langdale Pike und Witch's Lair / und Dungeon-ghyll, so böse zerklüftet, / sind, mit Strängen aus Fels und Glocken aus Luft, / die Geister von drei sündigen Küstern eingeschlossen, / die alle, einer nach dem anderen, / den Ton des Todes ihrem lebenden Bruder zurückgeben; / und oft verspottet auch, durch die Totenglocke erzürnt, / gerade wenn ihr Eins! Zwei! Drei! vorbei ist, / der Teufel ihre traurige Geschichte / mit einem fröhlichen Geläut aus Borodale.

Die Luft ist still! Durch Nebel und Wolken / erklingt laut dieses fröhliche Geläut; / und Geraldine schüttelt ihre Furcht ab / und erhebt sich behende aus dem Bett; / legt ihre weißen Seidengewänder an / und ordnet ihr Haar zu lieblichem Aussehen, / und ohne den geringsten Zweifel an der Kraft ihres Zaubers / weckt sie das Fräulein Christabel. / »Schlaft Ihr, schönes Fräulein Christabel? / Ich hoffe, Ihr ruhtet gut.«

Und Christabel erwachte und erblickte / die gleiche, die sich an ihrer Seite niedergelegt hatte – / ach, sagt lieber, die gleiche, die sie / unter dem alten Eichbaum aufhob! / Nein, schöner noch! und noch viel schöner! / Denn sie hat wohl tief / vom Segen des Schlafs getrunken! / Und während sie sprach, tun ihre Blicke, ihre Miene / solch edle Dankbarkeit kund, / daß (so schien es) ihr gegürtetes Gewand / unter ihrer wogenden Brust enger wurde. / »Gewiß habe ich gesündigt!« sagte Christabel. / »Nun sei dem

'Now heaven be praised if all be well!'
And in low faltering tones, yet sweet,
Did she the lofty lady greet
With such perplexity of mind
As dreams too lively leave behind.

So quickly she rose, and quickly arrayed
Her maiden limbs, and having prayed
That He, who on the cross did groan,
Might wash away her sins unknown,
She forthwith led fair Geraldine
To meet her sire, Sir Leoline.

The lovely maid and the lady tall
Are pacing both into the hall,
And pacing on through page and groom,
Enter the Baron's presence-room.

The Baron rose, and while he prest
His gentle daughter to his breast,
With cheerful wonder in his eyes
The lady Geraldine espies,
And gave such welcome to the same,
As might beseem so bright a dame!

But when he heard the lady's tale,
And when she told her father's name,
Why waxed Sir Leoline so pale,
Murmuring o'er the name again,
Lord Roland de Vaux of Tryermaine?

Alas! they had been friends in youth;
But whispering tongues can poison truth;
And constancy lives in realms above;
And life is thorny; and youth is vain;
And to be wroth with one we love
Doth work like madness in the brain.

Himmel Dank, wenn alles gut ist!« / Und mit leiser, stokkender Stimme, doch anmutig, / begrüßte sie das stolze Fräulein / mit solcher Verwirrung des Gemüts, / wie zu lebhafte Träume sie zurücklassen.

So erhob sie sich schnell und bekleidete schnell / ihre jungfräulichen Glieder, und nachdem sie gebetet hatte, / daß Er, der am Kreuz seufzte, / ihre unbewußten Sünden abwaschen möge, / geleitete sie sogleich die schöne Geraldine / vor ihren Vater, Sir Leoline.

Das liebliche Mädchen und das schlanke Fräulein / schreiten beide in die Halle, / schreiten weiter vorbei an Page und Diener / und betreten den Empfangsraum des Grafen.

Der Graf erhob sich, und während er / seine zarte Tochter an die Brust drückte, / erblickt er mit frohem Erstaunen in den Augen / das Fräulein Geraldine / und hieß dieselbe auf solche Weise willkommen, / wie es einer so schönen Dame gebührte!

Doch als er die Geschichte des Fräuleins hörte / und als sie den Namen ihres Vaters nannte, / warum wurde Sir Leoline da so bleich / und murmelte noch einmal den Namen vor sich hin, / Lord Roland de Vaux von Tryermaine?

Ach! sie waren in ihrer Jugend Freunde gewesen; / doch flüsternde Zungen können die Wahrheit vergiften; / und die Beständigkeit lebt in himmlischen Gefilden; / und das Leben ist dornig; und die Jugend ist eitel; / und jemandem zu zürnen, den man liebt, / wütet im Kopf wie Wahnsinn. /

And thus it chanced, as I divine,
With Roland and Sir Leoline.
Each spake words of high disdain
And insult to his heart's best brother:
They parted – ne'er to meet again!
But never either found another
To free the hollow heart from paining –
They stood aloof, the scars remaining,
Like cliffs which had been rent asunder;
A dreary sea now flows between; –
But neither heat, nor frost, nor thunder,
Shall wholly do away, I ween,
The marks of that which once hath been.

Sir Leoline, a moment's space,
Stood gazing on the damsel's face:
And the youthful Lord of Tryermaine
Came back upon his heart again.

O then the Baron forgot his age,
His noble heart swelled high with rage;
He swore by the wounds in Jesu's side
He would proclaim it far and wide,
With trump and solemn heraldry,
That they, who thus had wronged the dame,
Were base as spotted infamy!
'And if they dare deny the same,
My herald shall appoint a week,
And let the recreant traitors seek
My tourney court – that there and then
I may dislodge their reptile souls
From the bodies and forms of men!'
He spake: his eye in lightning rolls!
For the lady was ruthlessly seized; and he kenned
In the beautiful lady the child of his friend!

Und so geschah es, wie ich vermute, / mit Roland und Sir Leoline. [415] / Jeder sprach Worte tiefer Verachtung / und Kränkung zum liebsten Bruder seines Herzens: / Sie trennten sich – um sich nie wiederzusehen! / Doch keiner fand einen anderen, / der das leere Herz vom Schmerz befreite – [420] / sie standen allein, doch die Narben blieben, / wie Klippen, die auseinandergerissen worden waren; / ein ödes Meer fließt jetzt zwischen ihnen; – / doch weder Hitze noch Frost noch Donner, / so wähne ich, werden je ganz die Spuren verwischen [425] / von dem, was einstmals war.

Sir Leoline stand einen Augenblick lang / und betrachtete das Gesicht des Mädchens: / Und der junge Lord von Tryermaine / kehrte wieder in sein Herz zurück. [430]

Oh, da vergaß der Graf sein Alter, / sein edles Herz schwoll an im Zorn; / er schwor bei dem Wundmal in Jesu Seite, / er würde es weit und breit verkünden, / mit Trompetenstoß und feierlichem Heroldsruf, [435] / daß die, welche dem Fräulein solch Unrecht getan hatten, / so erbärmlich wie befleckte Niedertracht wären! / »Und wenn sie das abzustreiten wagen, / soll mein Herold eine Woche festsetzen / und die schmählichen Verräter [440] / meinen Turnierplatz aufsuchen lassen – so daß ich dort und dann / ihre Natternseele / aus ihrem Leib und ihrer Menschengestalt vertreiben kann!« / Er sprach's: Seine Augen rollen in blitzendem Zorn! / Denn das Fräulein war grausam überfallen worden; und überdies [445] / war das schöne Fräulein das Kind seines Freundes!

And now the tears were on his face,
And fondly in his arms he took
Fair Geraldine, who met the embrace,
Prolonging it with joyous look.
Which when she viewed, a vision fell
Upon the soul of Christabel,
The vision of fear, the touch and pain!
She shrunk and shuddered, and saw again –
(Ah, woe is me! Was it for thee,
Thou gentle maid! such sights to see?)

Again she saw that bosom old,
Again she felt that bosom cold,
And drew in her breath with a hissing sound:
Whereat the Knight turned wildly round,
And nothing saw, but his own sweet maid
With eyes upraised, as one that prayed.

The touch, the sight, had passed away,
And in its stead that vision blest,
Which comforted her after-rest
While in the lady's arms she lay,
Had put a rapture in her breast,
And on her lips and o'er her eyes
Spread smiles like light!
With new surprise,
'What ails then my belovéd child?'
The Baron said – His daughter mild
Made answer, 'All will yet be well!'
I ween, she had no power to tell
Aught else: so mighty was the spell.

Yet he, who saw this Geraldine,
Had deemed her sure a thing divine:
Such sorrôw with such grace she blended,
As if she feared she had offended

Und nun waren Tränen auf seinem Gesicht, / und zärtlich schloß er die schöne Geraldine / in seine Arme, die die Umarmung erwiderte / und sie mit freudigem Blick verlängerte. [450] / Als sie dieses sah, überkam eine Vision / die Seele der Christabel, / die Vision der Furcht, die Berührung und der Schmerz! / Sie schreckte zurück und erschauerte und sah noch einmal – / (Ach, weh mir! War es dir bestimmt, [455] / zartes Mädchen! solche Bilder zu sehen?)

Noch einmal sah sie jenen welken Busen, / noch einmal fühlte sie jenen kalten Busen / und zog den Atem ein mit einem zischenden Laut: / Worauf sich der Ritter verstört umdrehte [460] / und nichts sah als sein eigenes liebes Mädchen / mit emporgewandtem Blick, wie jemand, der betete.

Die Berührung, das Bild waren vorüber, / und an ihre Stelle hatte jene selige Vision, / die ihren Schlaf danach erquickt hatte, [465] / während sie in den Armen des Fräuleins lag, / ein Entzücken in ihre Brust gelegt / und auf ihren Lippen und über ihre Augen / Lächeln wie Licht gebreitet!
Aufs neue erstaunt / sagte der Graf: »Was fehlt denn meinem geliebten Kind?« – [470] / Seine sanfte Tochter / gab Antwort: »Alles wird noch gut werden!« / Ich wähne, sie war nicht imstande, etwas anderes / zu sagen: So mächtig war der Zauber.

Doch wer diese Geraldine sah, [475] / hätte sie sicherlich für ein göttliches Wesen gehalten: / Solchen Kummer verband sie mit solcher Anmut, / als fürchte sie, sie hätte / die liebliche

Sweet Christabel, that gentle maid!
And with such lowly tones she prayed
She might be sent without delay
Home to her father's mansion.
'Nay!
Nay, by my soul!' said Leoline.
'Ho! Bracy the bard, the charge be thine!
Go thou, with music sweet and loud,
And take two steeds with trappings proud,
And take the youth whom thou lov'st best
To bear thy harp, and learn thy song,
And clothe you both in solemn vest,
And over the mountains haste along,
Lest wandering folk, that are abroad,
Detain you on the valley road.

'And when he has crossed the Irthing flood,
My merry bard! he hastes, he hastes
Up Knorren Moor, through Halegarth Wood,
And reaches soon that castle good
Which stands and threatens Scotland's wastes.

'Bard Bracy! bard Bracy! your horses are fleet,
Ye must ride up the hall, your music so sweet,
More loud than your horses' echoing feet!
And loud and loud to Lord Roland call,
Thy daughter is safe in Langdale hall!
Thy beautiful daughter is safe and free –
Sir Leoline greets thee thus through me!
He bids thee come without delay
With all thy numerous array
And take thy lovely daughter home:
And he will meet thee on the way
With all his numerous array
White with their panting palfreys' foam:
And, by mine honour! I will say,

Christabel, dieses sanfte Mädchen, gekränkt! / Und mit solch demütiger Stimme flehte sie, [480] / sie möge ohne Zögern / heim zum Sitz ihres Vaters geschickt werden.
»Nein! / Nein, bei meiner Seele!« sagte Leoline. / »He! Bracy, der Barde, der Auftrag sei dein! / Geh du mit süßer und lauter Musik, [485] / und nimm zwei Rosse mit stolzem Geschirr, / und nimm den Jüngling, den du am liebsten hast, / um deine Harfe zu tragen, und lerne dein Lied, / und kleidet euch beide in feierliche Gewänder, / und eilt über die Berge, [490] / damit nicht fahrendes Volk, das unterwegs ist, / euch auf der Straße im Tal aufhalte.

»Und wenn er den Irthing-Strom überquert hat, / mein fröhlicher Barde! eilt er, eilt er / Knorren Moor hinauf, durch Halegarth Wood, [495] / und erreicht bald die gute Burg, / die drohend über Schottlands Einöden emporragt.

»Barde Bracy! Barde Bracy! deine Pferde sind flink, / du mußt die Halle hinaufreiten, deine Musik so süß, / lauter als die hallenden Hufe deiner Pferde! [500] / Und rufe laut und laut Lord Roland zu, / deine Tochter ist in Sicherheit auf Langdale! / Deine schöne Tochter ist in Sicherheit und frei – / Sir Leoline grüßt dich hiermit durch mich! / Er bittet dich, ohne Aufschub zu kommen, [505] / mit all deiner zahlreichen Gefolgschaft, / um deine liebliche Tochter heimzuholen: / Und er wird dir entgegenziehen / mit all seiner zahlreichen Gefolgschaft, / weiß vom Schaum ihrer schnaubenden Zelter: [510] / Und, bei meiner Ehre! ich will sagen, / daß

That I repent me of the day
When I spake words of fierce disdain
To Roland de Vaux of Tryermaine! –
– For since that evil hour hath flown,
Many a summer's sun hath shone;
Yet ne'er found I a friend again
Like Roland de Vaux of Tryermaine.'

The lady fell, and clasped his knees,
Her face upraised, her eyes o'erflowing;
And Bracy replied, with faltering voice,
His gracious Hail on all bestowing! –
'Thy words, thou sire of Christabel,
Are sweeter than my harp can tell;
Yet might I gain a boon of thee,
This day my journey should not be,
So strange a dream hath come to me,
That I had vowed with music loud
To clear yon wood from thing unblest,
Warned by a vision in my rest!
For in my sleep I saw that dove,
That gentle bird, whom thou dost love,
And call'st by thy own daughter's name –
Sir Leoline! I saw the same
Fluttering, and uttering fearful moan,
Among the green herbs in the forest alone.
Which when I saw and when I heard,
I wonder'd what might ail the bird;
For nothing near it could I see,
Save the grass and green herbs underneath the old tree.

'And in my dream methought I went
To search out what might there be found;
And what the sweet bird's trouble meant,
That thus lay fluttering on the ground.
I went and peered, and could descry

mich der Tag reut, / da ich Worte grimmiger Verachtung sprach / zu Roland de Vaux von Tryermaine! – / – Denn seitdem jene böse Stunde vergangen ist, [515] / hat die Sonne manch eines Sommers geschienen; / doch nie habe ich wieder einen Freund gefunden / wie Roland de Vaux von Tryermaine.

Das Fräulein sank nieder und umfaßte seine Knie, / ihr Antlitz emporgehoben, ihre Augen überströmend; [520] / und Bracy antwortete mit stockender Stimme, / seinen anmutigen Gruß allen entbietend! – / »Deine Worte, o Vater der Christabel, / sind freundlicher, als meine Harfe erzählen kann; / doch dürfte ich eine Gunst von dir erlangen, [525] / so sollte am heutigen Tag meine Reise nicht sein, / solch seltsamen Traum habe ich gehabt, / daß ich schwor, mit lauter Musik / den Wald da drüben vom Fluch zu reinigen, / durch eine Vision in meinem Schlummer gewarnt! [530] / Denn in meinem Schlaf sah ich jene Taube, / den sanften Vogel, den du liebst / und beim Namen deiner eigenen Tochter rufst – / Sir Leoline! ich sah eben diese Taube, / wie sie umherflatterte und furchtsame Klagelaute ausstieß, [535] / allein im Wald zwischen den grünen Kräutern. / Als ich das sah und als ich das hörte, / fragte ich mich, was dem Vogel fehle, / denn nichts konnte ich in seiner Nähe sehen / außer dem Gras und den grünen Kräutern unter dem alten Baum. [540]

»Und in meinem Traum, dünkte mich, ging ich, / um zu ergründen, was sich dort finden könnte / und was die Unruhe des lieblichen Vogels bedeutete, / der so auf dem Boden lag und flatterte. / Ich ging und spähte und konnte [545] / keine

No cause for her distressful cry;
But yet for her dear lady's sake
I stooped, methought, the dove to take,
When lo! I saw a bright green snake
Coiled around its wings and neck.
Green as the herbs on which it couched,
Close by the dove's its head it crouched;
And with the dove it heaves and stirs,
Swelling its neck as she swelled hers!
I woke; it was the midnight hour,
The clock was echoing in the tower;
But though my slumber was gone by,
This dream it would not pass away –
It seems to live upon my eye!
And thence I vowed this self-same day
With music strong and saintly song
To wander through the forest bare,
Lest aught unholy loiter there.'

Thus Bracy said: the Baron, the while,
Half-listening heard him with a smile;
Then turned to Lady Geraldine,
His eyes made up of wonder and love;
And said in courtly accents fine,
'Sweet maid, Lord Roland's beauteous dove,
With arms more strong than harp or song,
Thy sire and I will crush the snake!'
He kissed her forehead as he spake,
And Geraldine in maiden wise
Casting down her large bright eyes,
With blushing cheek and courtesy fine
She turned her from Sir Leoline;
Softly gathering up her train,
That o'er her right arm fell again;
And folded her arms across her chest,
And couched her head upon her breast,

Ursache für seinen qualvollen Schrei erkennen; / aber um seiner lieben Herrin willen / bückte ich mich, wie mich dünkte, um die Taube aufzunehmen, / und siehe! da erblickte ich eine leuchtende, grüne Schlange, / die sich um ihre Flügel und ihren Hals wand. / Grün wie die Kräuter, auf denen sie versteckt lag, / dicht neben dem Kopf der Taube duckte sie ihren Kopf; / und mit der Taube hebt und bewegt sie sich, / bläht ihren Hals, wenn jene es tut! / Ich erwachte; es war Mitternacht, / die Glocke hallte im Turm wider; / doch obwohl mein Schlummer vorbei war, / wollte dieser Traum nicht von mir weichen – / er scheint auf meinen Augen zu leben! / Und daher schwor ich, am gleichen Tage / mit lauter Musik und heiligem Gesang / durch den kahlen Wald zu gehen, / damit sich nichts Unheiliges dort aufhalte.«

So sprach Bracy: Unterdessen hörte ihm der Graf / lächelnd nur halb zu; / dann wandte er sich an das Fräulein Geraldine, / seine Augen ganz voller Bewunderung und Liebe; / und sagte mit feinem, höfischem Ton: / »Liebliches Fräulein, Graf Rolands schöne Taube, / mit stärkeren Waffen als Harfe oder Gesang / werden dein Vater und ich die Schlange zermalmen!« / Er küßte sie auf die Stirn, als er sprach, / und Geraldine schlug auf Mädchenart / ihre großen, leuchtenden Augen nieder, / mit errötenden Wangen und feiner Artigkeit / wandte sie sich von Sir Leoline ab; / nahm leicht ihre Schleppe auf, / die wieder über ihren rechten Arm herabfiel; / und kreuzte die Arme über der Brust / und duckte den Kopf auf ihren Busen / und sah

And looked askance at Christabel – –
Jesu, Maria, shield her well!

A snake's small eye blinks dull and shy;
And the lady's eyes they shrunk in her head,
Each shrunk up to a serpent's eye,
And with somewhat of malice, and more of dread,
At Christabel she looked askance! –
One moment – and the sight was fled!
But Christabel in dizzy trance
Stumbling on the unsteady ground
Shuddered aloud, with a hissing sound;
And Geraldine again turned round,
And like a thing, that sought relief,
Full of wonder and full of grief,
She rolled her large bright eyes divine
Wildly on Sir Leoline.

The maid, alas! her thoughts are gone,
She nothing sees – no sight but one!
The maid, devoid of guile and sin,
I know not how, in fearful wise,
So deeply had she drunken in
That look, those shrunken serpent eyes,
That all her features were resigned
To this sole image in her mind:
And passively did imitate
That look of dull and treacherous hate!
And thus she stood, in dizzy trance,
Still picturing that look askance
With forced unconscious sympathy
Full before her father's view – –
As far as such a look could be
In eyes so innocent and blue!

And when the trance was o'er, the maid
Paused awhile, and inly prayed:

Christabel von der Seite an – / Jesus, Maria, beschirmt sie gut!

Ein kleines Schlangenauge blinzelt matt und mißtrauisch; / und die Augen des Fräuleins, sie schrumpften in ihrem Kopf, / jedes schrumpfte zu einem Schlangenauge, [585] / und mit etwas Arglist und mehr Furcht / sah sie Christabel von der Seite an! – / Einen Augenblick lang – und das Bild war fort! / Doch Christabel stolperte, in Trance benommen, / auf dem unebenen Boden [590] / und erschauerte laut, mit einem zischenden Ton; / und Geraldine wandte sich wieder um, / und wie jemand, der Trost suchte, / voller Erstaunen und voller Schmerz, / richtete sie ihre großen, leuchtenden und göttlichen Augen [595] / verstört auf Sir Leoline.

Das Mädchen, o weh! ihre Gedanken sind dahin, / sie sieht nichts – kein Bild als das eine! / Das Mädchen ohne Falsch und Sünde, / sie hatte, ich weiß nicht wie, auf fürchterliche Weise [600] / jenen Blick so tief in sich eingesogen, / jene eingeschrumpften Schlangenaugen, / daß alle ihre Gesichtszüge / diesem einzigen Bild in ihrer Seele ergeben waren: / Und daß sie willenlos jenen Blick [605] / von dumpfem und tückischem Haß nachahmten! / Und so stand sie, in Trance benommen, / immer noch jenen Blick von der Seite abbildend, / in erzwungener, unbewußter Verbundenheit / direkt vor den Augen ihres Vaters – [610] / soweit ein solcher Blick / in so unschuldigen und blauen Augen sein konnte!

Und als die Trance vorüber war, verweilte das Mädchen / eine Zeitlang und betete innig; / dann fiel sie dem Grafen zu

Then falling at the Baron's feet,
'By my mother's soul do I entreat
That thou this woman send away!' –
She said: and more she could not say:
For what she knew she could not tell,
O'er-mastered by the mighty spell.

Why is thy cheek so wan and wild,
Sir Leoline? Thy only child
Lies at thy feet, thy joy, thy pride,
So fair, so innocent, so mild;
The same, for whom thy lady died!
O by the pangs of her dear mother
Think thou no evil of thy child!
For her, and thee, and for no other,
She prayed the moment ere she died:
Prayed that the babe for whom she died,
Might prove her dear lord's joy and pride!
  That prayer her deadly pangs beguiled,
      Sir Leoline!
  And wouldst thou wrong thy only child,
      Her child and thine?

Within the Baron's heart and brain
If thoughts, like these, had any share,
They only swelled his rage and pain,
And did but work confusion there.
His heart was cleft with pain and rage,
His cheeks they quivered, his eyes were wild,
Dishonoured thus in his old age;
Dishonoured by his only child,
And all his hospitality
To the wronged daughter of his friend
By more than woman's jealousy
Brought thus to a disgraceful end –
He rolled his eye with stern regard

Füßen: [615] / »Bei der Seele meiner Mutter flehe ich dich an, / daß du diese Frau fortschickst!« / sagte sie: Und mehr konnte sie nicht sagen: / Denn was sie wußte, konnte sie nicht aussprechen, / da sie der mächtige Zauber überwältigt hatte. [620]

Warum ist deine Wange so bleich und verstört, / Sir Leoline? Dein einziges Kind / liegt dir zu Füßen, deine Freude, dein Stolz, / so schön, so unschuldig, so sanft; / das Kind, für das deine Gemahlin starb! [625] / Oh, bei den Schmerzen ihrer lieben Mutter, / denke nichts Böses von deinem Kind! / Für sie und dich und für keinen anderen / betete sie in dem Augenblick, bevor sie starb: / Betete, daß das Kind, für das sie starb, [630] / die Freude und der Stolz ihres lieben Herrn werden möge! / Jenes Gebet linderte ihre Todesqualen, / Sir Leoline! / Und willst du deinem einzigen Kind Unrecht tun, / ihrem Kind und deinem? [635]

Wenn in des Grafen Herz und Sinn / Gedanken wie diese überhaupt Platz hatten, / so steigerten sie bloß seinen Zorn und Schmerz / und richteten dort nur Verwirrung an. / Sein Herz war gespalten in Schmerz und Zorn, [640] / seine Wangen, sie zitterten, sein Blick war wild, / entehrt so in seinem hohen Alter; / entehrt durch sein einziges Kind, / und seine ganze Gastfreundschaft / für die gekränkte Tochter seines Freundes [645] / durch mehr als weibliche Eifersucht / so zu einem schmachvollen Ende gebracht – / er wandte sein Auge

Upon the gentle minstrel bard,
And said in tones abrupt, austere –
'Why, Bracy! dost thou loiter here?
I bade thee hence!' The bard obeyed;
And turning from his own sweet maid,
The agéd knight, Sir Leoline,
Led forth the lady Geraldine!

1800.

THE CONCLUSION TO PART II

A little child, a limber elf,
Singing, dancing to itself,
A fairy thing with red round cheeks,
That always finds, and never seeks,
Makes such a vision to the sight
As fills a father's eyes with light;
And pleasures flow in so thick and fast
Upon his heart, that he at last
Must needs express his love's excess
With words of unmeant bitterness.
Perhaps 'tis pretty to force together
Thoughts so all unlike each other;
To mutter and mock a broken charm,
To dally with wrong that does no harm.
Perhaps 'tis tender too and pretty
At each wild word to feel within
A sweet recoil of love and pity.
And what, if in a world of sin
(O sorrow and shame should this be true!)
Such giddiness of heart and brain
Comes seldom save from rage and pain,
So talks as it's most used to do.

1801.

mit strengem Blick / auf den edlen Barden / und sagte mit schroffer, strenger Stimme: [650] / »Warum, Bracy! verweilst du noch hier? / Ich hieß dich fortgehen!« Der Barde gehorchte; / und während er sich von seiner eigenen schönen Tochter abwandte, / geleitete der betagte Ritter, Sir Leoline, / das Fräulein Geraldine hinaus! [655]

DER SCHLUSS VON TEIL II

Ein kleines Kind, eine geschmeidige Elfe, / die singt und für sich selbst tanzt, / ein Märchenwesen mit roten, runden Wangen, / das immer findet und niemals sucht, / bietet dem Blick solch ein Bild, [660] / daß es eines Vaters Augen mit Licht erfüllt; / und Freuden strömen so dicht und schnell / auf sein Herz ein, daß er zuletzt / nicht anders kann, als seiner Liebe Übermaß / mit Worten ungewollter Bitterkeit auszudrücken. [665] / Vielleicht ist es hübsch, / Gedanken, so ganz verschieden voneinander, zusammenzuzwingen; / einen zerbrochenen Zauber zu murmeln und zu verspotten, / mit Unrecht zu tändeln, das keinen Schaden tut. / Vielleicht ist es auch angenehm und hübsch, [670] / bei jedem erregten Wort im Innern / ein süßes Zurückschrecken von Liebe und Mitleid zu fühlen. / Und was ist, wenn in einer Welt von Sünde / (o Schmerz und Schande, wäre dieses wahr!) / solche Verwirrung von Herz und Verstand [675] / selten von etwas anderem herrührt als von Zorn und Pein / und so redet, wie sie es am häufigsten zu tun pflegt.

Fire, Famine, and Slaughter

A War Eclogue

The Scene a desolated Tract in La Vendée. Famine *is discovered lying on the ground; to her enter* Fire *and* Slaughter.

Fam. Sisters! sisters! who sent you here?
Slau. [*to Fire*]. I will whisper it in her ear.
Fire. No! no! no!
    Spirits hear what spirits tell:
    'Twill make a holiday in Hell.
        No! no! no!
    Myself, I named him once below,
    And all the souls, that damnéd be,
    Leaped up at once in anarchy,
    Clapped their hands and danced for glee.
    They no longer heeded me;
    But laughed to hear Hell's burning rafters
    Unwillingly re-echo laughters!
        No! no! no!
    Spirits hear what spirits tell:
    'Twill make a holiday in Hell!
Fam. Whisper it, sister! so and so!
    In a dark hint, soft and slow.
Slau. Letters four do form his name –
    And who sent you?
Both.   The same! the same!
Slau. He came by stealth, and unlocked my den,
    And I have drunk the blood since then
    Of thrice three hundred thousand men.
Both. Who bade you do 't?
Slau.   The same! the same!
    Letters four do form his name.
    He let me loose, and cried Halloo!
    To him alone the praise is due.

Feuer, Hunger und Gemetzel

Eine Kriegsekloge

Ein verwüsteter Landstrich in der Vendée. HUNGER *sieht man auf dem Boden liegen, zu ihr treten* FEUER *und* GEMETZEL.

Hung. Schwestern! Schwestern! wer sandte euch hierher?

Gem. [*zu Feuer*]. Ich werde es ihr ins Ohr flüstern.

Feuer. Nein! Nein! Nein! / Geister hören, was Geister sagen: / Das wird einen Festtag in der Hölle geben. / Nein! Nein! Nein! / Ich selbst, ich nannte einst da unten seinen Namen, / und all die Seelen, die verdammt sind, / sprangen sofort in wildem Durcheinander auf, / klatschten in die Hände und tanzten vor Freude. / Sie beachteten mich nicht länger; / sondern lachten, so daß sie die brennenden Dachbalken der Hölle / widerwillig das Gelächter zurückgeben hörten! / Nein! Nein! Nein! / Geister hören, was Geister sagen: / Das wird einen Festtag in der Hölle geben!

Hung. Flüstere es, Schwester! so und so! / in dunkler Andeutung, leise und langsam.

Gem. Vier Buchstaben bilden seinen Namen – / und wer sandte euch?

Beide. Derselbe! derselbe!

Gem. Er kam heimlich und öffnete meine Höhle, / und seitdem habe ich das Blut / von dreimal dreihunderttausend Menschen getrunken.

Beide. Wer hieß es dich tun?

Gem. Derselbe! derselbe! / Vier Buchstaben bilden seinen Namen. / Er ließ mich frei und hetzte mich los! / Ihm allein gebührt der Preis.

Fam. Thanks, sister, thanks! the men have bled,
Their wives and their children faint for bread.
I stood in a swampy field of battle;
With bones and skulls I made a rattle,
To frighten the wolf and carrion-crow
And the homeless dog – but they would not go.
So off I flew: for how could I bear
To see them gorge their dainty fare?
I heard a groan and a peevish squall,
And through the chink of a cottage-wall –
Can you guess what I saw there?
Both. Whisper it, sister! in our ear.
Fam. A baby beat its dying mother:
I had starved the one and was starving the other!
Both. Who bade you do 't?
Fam. The same! the same!
Letters four do form his name.
He let me loose, and cried, Halloo!
To him alone the praise is due.
Fire. Sisters! I from Ireland came!
Hedge and corn-fields all on flame,
I triumph'd o'er the setting sun!
And all the while the work was done,
On as I strode with my huge strides,
I flung back my head and I held my sides,
It was so rare a piece of fun
To see the sweltered cattle run
With uncouth gallop through the night,
Scared by the red and noisy light!
By the light of his own blazing cot
Was many a naked Rebel shot:
The house-stream met the flame and hissed,
While crash! fell in the roof, I wist,
On some of those old bed-rid nurses,
That deal in discontent and curses.
Both. Who bade you do 't?

Hung. Dank, Schwester, Dank! Die Männer sind verblutet, / ihre Frauen und ihre Kinder vergehen vor Hunger. / Ich stand auf einem morastigen Schlachtfeld, / aus Knochen und Schädeln machte ich eine Rassel, / um den Wolf und die Aaskrähe zu erschrecken / und den streunenden Hund – doch sie wollten nicht weichen. / So flog ich davon: Denn wie konnte ich ertragen, / es mitanzusehen, wie sie ihr leckeres Mahl verschlangen? /Ich hörte ein Stöhnen und einen quengeligen Schrei, / und durch den Spalt in der Wand einer Hütte – / könnt ihr raten, was ich da sah?

Beide. Flüstere es, Schwester! in unser Ohr.

Hung. Ein kleines Kind schlug seine sterbende Mutter: / Ich hatte die eine verhungern lassen und ließ das andere gerade verhungern!

Beide. Wer hieß es dich tun?

Hung. Derselbe! derselbe! / Vier Buchstaben bilden seinen Namen. / Er ließ mich frei und hetzte mich los! / Ihm allein gebührt der Preis.

Feuer. Schwestern! Ich kam von Irland! / Hecken und Kornfelder in hellen Flammen, / so triumphierte ich über die untergehende Sonne! / Und immerzu während der Arbeit, / als ich mit Riesenschritten weiterschritt, / warf ich den Kopf zurück und hielt mir die Seiten vor Lachen. / Es war ein so einzigartiges Vergnügen, / das vor Hitze verschmachtende Vieh / in schwerfälligem Galopp durch die Nacht rennen zu sehen, / aufgeschreckt durch den roten, grellen Schein! / Im Schein seiner eigenen lodernden Hütte / wurde manch nackter Rebell erschossen: / Die Flamme erreichte den Bach am Haus und zischte, / während, krach! ich wußt' es, das Dach einstürzte / auf einige jener alten, bettlägrigen Ammen, / die sich in Mißmut und Flüchen ergehen.

Beide. Wer hieß es dich tun?

Fire. The same! the same!
Letters four do form his name.
He let me loose, and cried Halloo!
To him alone the praise is due.
All. He let us loose, and cried Halloo!
How shall we yield him honour due?
Fam. Wisdom comes with lack of food.
I'll gnaw, I'll gnaw the multitude,
Till the cup of rage o'erbrim:
They shall seize him and his brood –
Slau. They shall tear him limb from limb!
Fire. O thankless beldames and untrue!
And is this all that you can do
For him, who did so much for you?
Ninety months he, by my troth!
Hath richly catered for you both;
And in an hour would you repay
An eight years' work? – Away! away!
I alone am faithful! I
Cling to him everlastingly.

1798.

Frost at Midnight

The Frost performs its secret ministry,
Unhelped by any wind. The owlet's cry
Came loud – and hark, again! loud as before.
The inmates of my cottage, all at rest,
Have left me to that solitude, which suits
Abstruser musings: save that at my side
My cradled infant slumbers peacefully.
'Tis calm indeed! so calm, that it disturbs
And vexes meditation with its strange

Feuer. Derselbe! derselbe! / Vier Buchstaben bilden seinen Namen. / Er ließ mich frei und hetzte mich los! / Ihm allein gebührt der Preis.

Alle. Er ließ uns frei und hetzte uns los! / Wie sollen wir ihm die schuldige Ehre erweisen?

Hung. Die Weisheit kommt mit dem Mangel an Nahrung. / Ich werde nagen, ich werde die Menge zernagen, / bis die Schale des Zorns überfließt: / Sie werden ihn und seine Brut packen –

Gem. Sie werden ihn Glied für Glied zerreißen!

Feuer. Oh, ihr undankbaren und falschen Hexen! / Und ist dies alles, was ihr tun könnt, / für ihn, der so viel für euch tat? / Neunzig Monate hat er, bei meiner Ehre! / euch beide reichlich versorgt; / und in einer Stunde wollt ihr / die Arbeit von acht Jahren vergelten? – Fort! fort! / Ich allein bin treu! Ich / halte an ihm fest für immer und ewig.

Frost um Mitternacht

Der Frost vollbringt sein heimliches Werk / ohne jede Hilfe des Windes. Der Ruf des Käuzchens / kam laut – und horch, noch einmal! laut wie zuvor. / Die Bewohner meines Hauses haben sich alle zur Ruhe gelegt / und mich der Einsamkeit überlassen, die / dunkleren Gedanken willkommen ist: Nur daß neben mir / mein Kind in seiner Wiege friedlich schlummert. / Wirklich, es ist ruhig! So ruhig, daß es / das Nachdenken stört und beunruhigt mit seiner seltsamen / und

And extreme silentness. Sea, hill, and wood,
This populous village! Sea, and hill, and wood,
With all the numberless goings-on of life,
Inaudible as dreams! the thin blue flame
Lies on my low-burnt fire, and quivers not;
Only that film, which fluttered on the grate,
Still flutters there, the sole unquiet thing.
Methinks, its motion in this hush of nature
Gives it dim sympathies with me who live,
Making it a companionable form,
Whose puny flaps and freaks the idling Spirit
By its own moods interprets, every where
Echo or mirror seeking of itself,
And makes a toy of Thought.

But O! how oft,
How oft, at school, with most believing mind,
Presageful, have I gazed upon the bars,
To watch that fluttering *stranger*! and as oft
With unclosed lids, already had I dreamt
Of my sweet birth-place, and the old church-tower,
Whose bells, the poor man's only music, rang
From morn to evening, all the hot Fair-day,
So sweetly, that they stirred and haunted me
With a wild pleasure, falling on mine ear
Most like articulate sounds of things to come!
So gazed I, till the soothing things, I dreamt,
Lulled me to sleep, and sleep prolonged my dreams!
And so I brooded all the following morn,
Awed by the stern preceptor's face, mine eye
Fixed with mock study on my swimming book:
Save if the door half opened, and I snatched
A hasty glance, and still my heart leaped up,
For still I hoped to see the *stranger's* face,
Townsman, or aunt, or sister more beloved,
My play-mate when we both were clothed alike!

äußersten Stille. Meer, Berg und Wald, [10] / dieses dichtbewohnte Dorf! Meer und Berg und Wald, / mit all der vielfältigen Geschäftigkeit des Lebens, / unhörbar wie Träume! Die dünne, blaue Flamme / liegt auf meinem niedergebrannten Feuer und zittert nicht; / nur jener Schleier, der auf dem Rost wehte, [15] / weht noch immer dort, das einzige, was ohne Ruhe ist. / Mir scheint, seine Bewegung in dieser Stille der Natur / macht ihn mir, dem Lebenden, irgendwie verwandt / und läßt ihn eine vertraute Gestalt annehmen, / deren schwaches, launenhaftes Flackern der müßige Geist [20] / nach seiner eigenen Stimmung deutet, überall / das Echo oder den Spiegel seiner selbst suchend, / und zu einem Spielzeug des Denkens macht.

Doch ach! wie oft, / wie oft habe ich in der Schule mit überzeugtem Sinn / voll Vorahnung auf das Gitter geblickt, [25] / um diesen flackernden *Gast* zu sehen! Und ebensooft / hatte ich schon mit weit offenen Augen / von meinem lieben Heimatdorf und dem alten Kirchturm geträumt, / dessen Glocken, des armen Mannes einzige Musik, / vom Morgen bis zum Abend läuteten, den ganzen heißen Kirmestag hindurch, [30] / so schön, daß sie mich aufrüttelten und verfolgten / mit wilder Freude und in mein Ohr drangen / ganz wie die deutlichen Klänge zukünftiger Dinge! / So blickte ich, bis die tröstlichen Dinge, von denen ich träumte, / mich in den Schlaf wiegten und der Schlaf meine Träume verlängerte! [35] / Und so brütete ich den ganzen Morgen weiter, / eingeschüchtert durch das strenge Gesicht des Lehrers, meine Augen / mit vorgetäuschtem Eifer auf mein verschwimmendes Buch geheftet: / Außer wenn die Tür sich halb öffnete und ich / einen hastigen Blick nach draußen warf und immer mein Herz höher schlug, [40] / denn immer hoffte ich, das Gesicht des *Gastes* zu sehen, / den Nachbarn aus der Stadt oder die Tante oder meine noch mehr geliebte Schwester, / meine Spielgefährtin, als wir beide noch gleich gekleidet waren!

Dear Babe, that sleepest cradled by my side,
Whose gentle breathings, heard in this deep calm,
Fill up the interspersèd vacancies
And momentary pauses of the thought!
My babe so beautiful! it thrills my heart
With tender gladness, thus to look at thee,
And think that thou shalt learn far other lore,
And in far other scenes! For I was reared
In the great city, pent 'mid cloisters dim,
And saw nought lovely but the sky and stars.
But *thou*, my babe! shalt wander like a breeze
By lakes and sandy shores, beneath the crags
Of ancient mountain, and beneath the clouds,
Which image in their bulk both lakes and shores
And mountain crags: so shalt thou see and hear
The lovely shapes and sounds intelligible
Of that eternal language, which thy God
Utters, who from eternity doth teach
Himself in all, and all things in himself.
Great universal Teacher! he shall mould
Thy spirit, and by giving make it ask.

Therefore all seasons shall be sweet to thee,
Whether the summer clothe the general earth
With greenness, or the redbreast sit and sing
Betwixt the tufts of snow on the bare branch
Of mossy apple-tree, while the nigh thatch
Smokes in the sun-thaw; whether the eave-drops fall
Heard only in the trances of the blast,
Or if the secret ministry of frost
Shall hang them up in silent icicles,
Quietly shining to the quiet Moon.

February, 1798.

Liebes Kind, du schläfst neben mir in deiner Wiege, / deine leisen Atemzüge, die in dieser tiefen Stille zu hören sind, / füllen die gelegentliche Leere / und die flüchtigen Pausen des Denkens aus! / Mein liebliches Kind! es ergreift mein Herz / mit zärtlicher Freude, dich so anzusehen / und daran zu denken, daß du ganz anderes Wissen lernen sollst / und in ganz anderer Umgebung! Denn ich wuchs auf / in der großen Stadt, eingepfercht in düsteres Gemäuer, / und sah nichts Schönes als den Himmel und die Sterne. / Doch *du*, mein Kind! sollst umherstreifen wie ein Windhauch / an Seen und sandigen Ufern, unter den Felswänden / uralter Berge und unter den Wolken, / die in ihren Formen Seen und Ufer / und Bergfelsen nachbilden: So sollst du / die lieblichen Formen und verständlichen Klänge / jener ewigen Sprache sehen und hören, die dein Gott / spricht, der von Ewigkeit / sich selbst in allen Dingen lehrt und alle Dinge in sich selbst. / Großer allumfassender Lehrer! Er soll deinen Geist / formen und ihn durch Geben bitten lassen.

Darum werden dir alle Jahreszeiten lieb sein, / ob der Sommer die weite Erde in Grün / kleidet oder das Rotkehlchen sitzt und singt / zwischen den Schneehauben auf dem kahlen Zweig / des moosbewachsenen Apfelbaums, während das nahe Strohdach / in der Sonne taut und dampft; ob die Tropfen vom Dach fallen, / gehört nur im entrückten Schlaf des Windes, / oder ob das heimliche Werk des Frostes / sie in stummen Eiszapfen aufhängen wird, / die still im stillen Mondlicht scheinen.

France: An Ode

I

Ye Clouds! that far above me float and pause,
  Whose pathless march no mortal may controul!
  Ye Ocean-Waves! that, wheresoe'er ye roll,
Yield homage only to eternal laws!
Ye Woods! that listen to the night-birds singing,
  Midway the smooth and perilous slope reclined,
Save when your own imperious branches swinging,
  Have made a solemn music of the wind!
Where, like a man beloved of God,
Through glooms, which never woodman trod,
    How oft, pursuing fancies holy,
My moonlight way o'er flowering weeds I wound,
    Inspired, beyond the guess of folly,
By each rude shape and wild unconquerable sound!
O ye loud Waves! and O ye Forests high!
  And O ye Clouds that far above me soared!
Thou rising Sun! thou blue rejoicing Sky!
  Yea, every thing that is and will be free!
  Bear witness for me, wheresoe'er ye be,
  With what deep worship I have still adored
    The spirit of divinest Liberty.

II

When France in wrath her giant-limbs upreared,
  And with that oath, which smote air, earth, and sea,
  Stamped her strong foot and said she would be free,
Bear witness for me, how I hoped and feared!
With what a joy my lofty gratulation
  Unawed I sang, amid a slavish band:
And when to whelm the disenchanted nation,
  Like fiends embattled by a wizard's wand,

Frankreich: Eine Ode

I

Ihr Wolken! die ihr hoch über mir treibt und verweilt, / deren pfadlosen Zug kein Sterblicher leiten kann! / Ihr Wogen des Ozeans! die ihr, wo immer ihr auch rollt, / nur ewigen Gesetzen Huldigung darbringt! / Ihr Wälder! die ihr dem Gesang der Nachtvögel lauscht, / mitten an den glatten und gefährlichen Abhang geschmiegt, / außer wenn das Schwingen eurer eigenen gebieterischen Zweige / aus dem Wind eine feierliche Musik gemacht hat! / Wo ich so oft, wie ein von Gott geliebter Mensch, / durch Düsternisse, die niemals ein Förster betrat, / heiligen Phantasien folgend, / im Mondlicht meinen Weg über blühende Kräuter zog, / über das Mutmaßen der Torheit hinaus inspiriert / durch jede einfache Form und jeden wilden, unbezwingbaren Laut! / O ihr lauten Wogen! und o ihr hohen Wälder! / und o ihr Wolken, die ihr weit über mir schwebtet! / du aufgehende Sonne! du blauer jubelnder Himmel! / Ja, jedes Ding, das frei ist und frei sein wird! / Legt Zeugnis ab für mich, wo immer ihr seid, / mit welch tiefer Verehrung ich stets / den Geist der göttlichen Freiheit angebetet habe.

II

Als Frankreich im Zorn seine gigantischen Glieder erhob / und mit jenem Schwur, der Luft, Erde und Meer erschütterte, / seinen mächtigen Fuß aufstampfte und sagte, es wolle frei sein, / legt Zeugnis ab für mich, wie ich hoffte und fürchtete! / Mit welcher Freude ich meinen stolzen Glückwunsch / furchtlos sang, inmitten einer knechtischen Menge: / Und als die Monarchen, um die vom Zauber befreite Nation zu überwältigen, / wie Teufel durch den Stab eines Zauberers in Schlachtreihe aufgestellt, / am verruchten

The Monarchs marched in evil day,
And Britain joined the dire array;
Though dear her shores and circling ocean,
Though many friendships, many youthful loves
Had swoln the patriot emotion
And flung a magic light o'er all her hills and groves;
Yet still my voice, unaltered, sang defeat
To all that braved the tyrant-quelling lance,
And shame too long delayed and vain retreat!
For ne'er, O Liberty! with partial aim
I dimmed thy light or damped thy holy flame;
But blessed the paeans of delivered France,
And hung my head and wept at Britain's name.

III

'And what,' I said, 'though Blasphemy's loud scream
With that sweet music of deliverance strove!
Though all the fierce and drunken passions wove
A dance more wild than e'er was maniac's dream!
Ye storms, that round the dawning East assembled,
The Sun was rising, though ye hid his light!'
And when, to soothe my soul, that hoped and trembled,
The dissonance ceased, and all seemed calm and bright;
When France her front deep-scarr'd and gory
Concealed with clustering wreaths of glory;
When, insupportably advancing,
Her arm made mockery of the warrior's ramp;
While timid looks of fury glancing,
Domestic treason, crushed beneath her fatal stamp,
Writhed like a wounded dragon in his gore;
Then I reproached my fears that would not flee;
'And soon,' I said, 'shall Wisdom teach her lore
In the low huts of them that toil and groan!
And, conquering by her happiness alone,

Tage aufmarschierten / und Britannien sich dem schrecklichen Aufgebot anschloß; / da sang doch, obwohl seine Küsten und der umschlingende Ozean mir teuer waren, / obwohl viele Freundschaften, viel jugendliche Liebe / das patriotische Gefühl hatten anschwellen lassen / und ein magisches Licht über all seine Berge und Wälder geworfen hatten, / meine Stimme unverändert immer noch Niederlage / allen, die der tyrannenbezwingenden Lanze trotzten, / und Schande, schon zu lange verzögert, und fruchtlosen Rückzug! / Denn nie, o Freiheit! habe ich in parteiischer Absicht / dein Licht getrübt oder deine heilige Flamme gedämpft; / sondern habe die Triumphgesänge des befreiten Frankreichs gesegnet / und meinen Kopf gesenkt und über Britanniens Namen geweint.

III

»Und was tut es«, sagte ich, »daß der laute Schrei der Blasphemie / wider jene süße Musik der Befreiung stritt! / Daß all die hitzigen und trunkenen Leidenschaften / einen Tanz formten, der wilder war als je der Traum eines Wahnsinnigen! / Ihr Stürme, die ihr euch um den heraufdämmernden Osten versammeltet, / die Sonne ging auf, obwohl ihr ihr Licht verhülltet!« / Und als zur Beruhigung meiner Seele, die hoffte und zitterte, / der Mißklang verhallte und alles ruhig und heiter schien, / als Frankreich seine tief-vernarbte und blutbefleckte Stirn / in dichten Ruhmeskränzen verbarg, / als es unwiderstehlich vorrückte / und sein Arm das Wüten des Kriegers zum Gespött machte, / während, furchtsame Blicke der Wut werfend, / Vaterlandsverrat, unter Frankreichs todbringendem Tritt zerquetscht, / sich wie ein verwundeter Drache in seinem Blut krümmte, / da tadelte ich meine Ängste, die mich nicht verlassen wollten. / »Und bald«, so sagte ich, »wird Weisheit ihre Lehre verkünden / in den niedrigen Hütten derer, die schuften und stöhnen! / Und siegreich allein, weil es

Shall France compel the nations to be free,
Till Love and Joy look round, and call the Earth their own.'

IV

Forgive me, Freedom! O forgive those dreams!
I hear thy voice, I hear thy loud lament,
From bleak Helvetia's icy caverns sent –
I hear thy groans upon her blood-stained streams!
Heroes, that for your peaceful country perished,
And ye that, fleeing, spot your mountain-snows
With bleeding wounds; forgive me, that I cherished
One thought that ever blessed your cruel foes!
To scatter rage, and traitorous guilt,
Where Peace her jealous home had built;
A patriot-race to disinherit
Of all that made their stormy wilds so dear;
And with inexpiable spirit
To taint the bloodless freedom of the mountaineer –
O France, that mockest Heaven, adulterous, blind,
And patriot only in pernicious toils!
Are these thy boasts, Champion of human kind?
To mix with Kings in the low lust of sway,
Yell in the hunt, and share the murderous prey;
To insult the shrine of Liberty with spoils
From freemen torn; to tempt and to betray?

V

The Sensual and the Dark rebel in vain,
Slaves by their own compulsion! In mad game
They burst their manacles and wear the name
Of Freedom, graven on a heavier chain!
O Liberty! with profitless endeavour

glücklich ist, / wird Frankreich die Völker zwingen, frei zu sein, / bis Liebe und Freude um sich blicken und die Erde ihr eigen nennen.«

IV

Vergib mir, Freiheit! oh, vergib jene Träume! / Ich höre deine Stimme, ich höre deine laute Klage, / von den vereisten Höhlen des rauhen Helvetiens gesandt – / ich höre deine Seufzer auf seinen blutig gefärbten Strömen! / Ihr Helden, die ihr für euer friedliches Land starbt, / und ihr, die ihr auf der Flucht den Schnee eurer Berge / mit dem Blut eurer Wunden färbtet; vergebt mir, daß ich / auch nur einen Gedanken hegte, der jemals eure grausamen Feinde segnete! / Raserei und verräterische Schuld zu verbreiten, / wo der Frieden sein ängstlich besorgtes Heim gebaut hatte; / ein patriotisches Volk zu enterben / von allem, was seine stürmischen Einöden so lieb und teuer gemacht hat; / und mit unversöhnlichem Sinn / die von Blut unbefleckte Freiheit des Bergbewohners zu besudeln – / o Frankreich, das du den Himmel verhöhnst, ehebrecherisch, blind / und nur in zerstörerischem Wirken patriotisch! / Sind dies deine Ruhmestaten, Vorkämpfer des Menschengeschlechts? / Sich unter Könige zu mischen in der gemeinen Lust am Herrschen, / in der Jagdmeute zu brüllen und den mörderischen Raub zu teilen; / den Schrein der Freiheit mit der Beute, / die freien Menschen entrissen wurde, zu beleidigen; zu verführen und zu verraten?

V

Die in Sinnlichkeit und Dunkel Befangenen lehnen sich vergeblich auf, / Sklaven ihrer eigenen Zwänge! In wahnsinnigem Spiel / sprengen sie ihre Fesseln und tragen den Namen / der Freiheit, in eine noch schwerere Kette eingegraben! / O Freiheit! mit uneigennützigem Streben / bin ich

Have I pursued thee, many a weary hour;
But thou nor swell'st the victor's strain, nor ever
Didst breathe thy soul in forms of human power.
Alike from all, howe'er they praise thee,
(Nor prayer, nor boastful name delays thee)
Alike from Priestcraft's harpy minions,
And factious Blasphemy's obscener slaves,
Thou speedest on thy subtle pinions,
The guide of homeless winds, and playmate of the waves!
And there I felt thee! – on that sea-cliff's verge,
Whose pines, scarce travelled by the breeze above,
Had made one murmur with the distant surge!
Yes, while I stood and gazed, my temples bare,
And shot my being through earth, sea, and air,
Possessing all things with intensest love,
O Liberty! my spirit felt thee there.

February, 1798.

Fears in Solitude

Written in April 1798, during the Alarm of an Invasion

A green and silent spot, amid the hills,
A small and silent dell! O'er stiller place
No singing sky-lark ever poised himself.
The hills are heathy, save that swelling slope,
Which hath a gay and gorgeous covering on,
All golden with the never-bloomless furze,
Which now blooms most profusely: but the dell,
Bathed by the mist, is fresh and delicate
As vernal corn-field, or the unripe flax,
When, through its half-transparent stalks, at eve,
The level sunshine glimmers with green light.
Oh! 'tis a quiet spirit-healing nook!

dir manche müde Stunde gefolgt; / doch du bist nicht in des Siegers Gesang, noch / hast du jemals deine Seele in die Formen menschlicher Macht gehaucht. / Gleichermaßen eilst du hinweg von allen, wie sehr sie dich auch preisen / (weder Gebet noch prahlerischer Name halten dich zurück), / gleichermaßen hinweg von den raubgierigen Günstlingen der Pfaffen / und den verabscheuungswürdigeren Sklaven parteisüchtiger Blasphemie, / hinweg eilst du auf deinen zarten Schwingen, / Lenkerin heimatloser Winde und Spielgefährtin der Wellen! / Und dort spürte ich dich! – am Rande jener Meeresklippe, / deren Kiefern, kaum durchzogen von der Brise über ihnen, / zu einem einzigen Rauschen mit der fernen Brandung geworden waren! / Ja, während ich stand und blickte, meine Schläfen entblößt, / und mein Sein durch Erde, Meer und Luft dringen ließ / und alle Dinge mit tiefster Liebe besaß, / o Freiheit! da spürte dich dort mein Geist.

Ängste in der Einsamkeit

Geschrieben im April 1798 während eines Invasionsalarms

Ein grünes und stilles Fleckchen Erde, mitten in den Hügeln, / ein kleines und stilles Tal! Über einem ruhigeren Ort / hat nie eine singende Lerche gestanden. / Die Hügel sind mit Heidekraut bewachsen, außer jenem ansteigenden Hang, / der eine bunte und prachtvolle Decke hat, / ganz golden von dem niemals blütenlosen Ginster, / der jetzt verschwenderisch blüht: Doch das Tal, / vom Nebel gebadet, ist frisch und köstlich / wie ein Kornfeld im Frühling oder der unreife Flachs, / wenn am Abend durch seine halb durchsichtigen Halme / die flachen Sonnenstrahlen in grünem Licht schimmern. / Oh! es ist ein stiller Winkel voll Balsam

Which all, methinks, would love; but chiefly he,
The humble man, who, in his youthful years,
Knew just so much of folly, as had made
His early manhood more securely wise!
Here he might lie on fern or withered heath,
While from the singing lark (that sings unseen
The minstrelsy that solitude loves best),
And from the sun, and from the breezy air,
Sweet influences trembled o'er his frame;
And he, with many feelings, many thoughts,
Made up a meditative joy, and found
Religious meanings in the forms of Nature!
And so, his senses gradually wrapt
In a half sleep, he dreams of better worlds,
And dreaming hears thee still, O singing lark,
That singest like an angel in the clouds!

My God! it is a melancholy thing
For such a man, who would full fain preserve
His soul in calmness, yet perforce must feel
For all his human brethren – O my God!
It weighs upon the heart, that he must think
What uproar and what strife may now be stirring
This way or that way o'er these silent hills –
Invasion, and the thunder and the shout,
And all the crash of onset; fear and rage,
And undetermined conflict – even now,
Even now, perchance, and in his native isle:
Carnage and groans beneath this blessed sun!
We have offended, Oh! my countrymen!
We have offended very grievously,
And been most tyrannous. From east to west
A groan of accusation pierces Heaven!
The wretched plead against us; multitudes
Countless and vehement, the sons of God,
Our brethren! Like a cloud that travels on,

für die Seele! / Den alle, scheint mir, lieben würden; aber vor allem er, / der demütig-schlichte Mann, der in den Jahren seiner Jugend / gerade so viel von der Torheit kennenlernte, daß es [15] / seine frühen Mannesjahre um so sicherer weise gemacht hat! / Hier mochte er liegen auf Farnkraut oder verdorrter Heide, / während von der singenden Lerche (die ungesehen / das Lied singt, das die Einsamkeit am meisten liebt) / und von der Sonne und von dem frischen Luftzug [20] / ein süßer Strom seinen Körper durchschauerte; / und aus vielen Gefühlen, aus vielen Gedanken / formte er eine nachdenkliche Freude und fand / religiöse Bedeutungen in den Gestalten der Natur! / Und wie seine Sinne nach und nach [25] / in einen Halbschlaf gehüllt werden, träumt er von besseren Welten, / und träumend hört er dich noch immer, o singende Lerche, / die du wie ein Engel in den Wolken singst!

Mein Gott! es ist ein melancholisches Ding / für solch einen Mann, der nur zu gern [30] / seine Seele in Ruhe bewahren würde und doch notgedrungen / für alle seine menschlichen Brüder fühlen muß – o mein Gott! / Es bedrückt sein Herz, daran denken zu müssen, / welch Aufruhr und welcher Kampf sich jetzt / hier oder dort auf diesen stillen Hügeln erheben mag – [35] / Invasion und das Donnern und das Geschrei / und das ganze Krachen des Angriffs; Furcht und Zorn / und das Hin und Her des Kampfes – jetzt, / jetzt in diesem Augenblick vielleicht und auf seiner heimatlichen Insel: / Gemetzel und Stöhnen unter dieser gesegneten Sonne! [40] / Wir haben uns schuldig gemacht, oh! meine Landsleute! / Wir haben uns zutiefst schuldig gemacht / und sind schlimme Tyrannen gewesen. Von Osten nach Westen / durchdringt ein Stöhnen der Anklage den Himmel! / Die Unglücklichen klagen uns an; Menschenmassen, [45] / zahllos und ungestüm, die Söhne Gottes, / unsere Brüder! Wie eine Wolke, die weiterzieht, / der hochgestiegene Dunst aus Kai-

Steamed up from Cairo's swamps of pestilence,
Even so, my countrymen! have we gone forth
And borne to distant tribes slavery and pangs,
And, deadlier far, our vices, whose deep taint
With slow perdition murders the whole man,
His body and his soul! Meanwhile, at home,
All individual dignity and power
Engulfed in Courts, Committees, Institutions,
Associations and Societies,
A vain, speech-mouthing, speech-reporting Guild,
One Benefit-Club for mutual flattery,
We have drunk up, demure as at a grace,
Pollutions from the brimming cup of wealth;
Contemptuous of all honourable rule,
Yet bartering freedom and the poor man's life
For gold, as at a market! The sweet words
Of Christian promise, words that even yet
Might stem destruction, were they wisely preached,
Are muttered o'er by men, whose tones proclaim
How flat and wearisome they feel their trade:
Rank scoffers some, but most too indolent
To deem them falsehoods or to know their truth.
Oh! blasphemous! the Book of Life is made
A superstitious instrument, on which
We gabble o'er the oaths we mean to break;
For all must swear -- all and in every place,
College and wharf, council and justice-court;
All, all must swear, the briber and the bribed,
Merchant and lawyer, senator and priest,
The rich, the poor, the old man and the young;
All, all make up one scheme of perjury,
That faith doth reel; the very name of God
Sounds like a juggler's charm; and, bold with joy,
Forth from his dark and lonely hiding-place,
(Portentous sight!) the owlet Atheism,
Sailing on obscene wings athwart the noon,

ros Pestsümpfen, / gerade so, meine Landsleute! sind wir hinausgegangen / und haben fernen Stämmen Sklaverei und Qual gebracht / und, noch viel tödlicher, unsere Laster, deren schwerer Makel / den ganzen Menschen langsam verderben läßt und mordet, / seinen Leib und seine Seele! Unterdessen haben wir zu Hause / jegliche persönliche Würde und Kraft / in Gerichtshöfen, Ausschüssen, Institutionen, / Verbänden und Gesellschaften versenkt, / eine eitle, schwatzende und tratschende Gilde, / ein einziger Wohltätigkeitsverein für gegenseitige Schmeichelei, / und haben, ehrbar wie bei einem Tischgebet, / aus dem randvollen Becher des Reichtums Schmutz getrunken; / jede redliche Herrschaft verachtet, /doch die Freiheit und das Leben der Armen verschachert / gegen Gold, wie auf einem Markt! Die süßen Worte / der christlichen Verheißung, Worte, die sogar jetzt noch / den Untergang aufhalten könnten, würden sie weise gepredigt, / werden von Menschen heruntergeleiert, deren Stimme verrät, / wie fade und lästig ihnen ihr Gewerbe ist: / Einige sind verderbte Lästerer, doch die meisten sind zu träge, / entweder die Worte für unwahr zu halten oder ihre Wahrheit zu erkennen. / Oh! Blasphemie! das Buch des Lebens wird / zu einem Werkzeug des Aberglaubens gemacht, auf dem / wir die Eide herunterplappern, die wir zu brechen gedenken, / denn alle müssen schwören – alle und überall, / an Universität und Kai, im Rat und im Gericht; / alle, alle müssen schwören, der Bestecher und der Bestochene, / Kaufmann und Jurist, Senator und Priester, / die Reichen, die Armen, der alte Mann und der junge; / alle zusammen sind ein einziger Anschlag des Meineids, / daß Treu und Glauben wanken; selbst der Name Gottes / klingt wie die Zauberformel eines Gauklers; und, dreist vor Freude, / schwebt aus ihrem düsteren und abgelegenen Schlupfwinkel / (unheilverkündender Anblick!) die Eule Atheismus / auf widerlichen Flügeln quer durch den Mittag, / schlägt ihre

Drops his blue-fringéd lids, and holds them close,
And hooting at the glorious sun in Heaven,
Cries out, 'Where is it?'

Thankless too for peace,
(Peace long preserved by fleets and perilous seas)
Secure from actual warfare, we have loved
To swell the war-whoop, passionate for war!
Alas! for ages ignorant of all
Its ghastlier workings, (famine or blue plague,
Battle, or siege, or flight through wintry snows,)
We, this whole people, have been clamorous
For war and bloodshed; animating sports,
The which we pay for as a thing to talk of,
Spectators and not combatants! No guess
Anticipative of a wrong unfelt,
No speculation on contingency,
However dim and vague, too vague and dim
To yield a justifying cause; and forth,
(Stuffed out with big preamble, holy names,
And adjurations of the God in Heaven,)
We send our mandates for the certain death
Of thousands and ten thousands! Boys and girls,
And women, that would groan to see a child
Pull off an insect's leg, all read of war,
The best amusement for our morning meal!
The poor wretch, who has learnt his only prayers
From curses, who knows scarcely words enough
To ask a blessing from his Heavenly Father,
Becomes a fluent phraseman, absolute
And technical in victories and defeats,
And all our dainty terms for fratricide;
Terms which we trundle smoothly o'er our tongues
Like mere abstractions, empty sounds to which
We join no feeling and attach no form!
As if the soldier died without a wound;

blaugeränderten Lider nieder und hält sie geschlossen / und schreit, gegen die strahlende Sonne im Himmel heulend: / »Wo ist es?«

Ohne Dank auch für den Frieden / (den Frieden, der lange durch Flotten und gefährliche Meere bewahrt wurde), / sicher vor dem wirklichen Krieg haben wir gern / das Kriegsgeschrei anschwellen lassen, voll Kriegsbegeisterung! / O weh! seit langer Zeit in Unkenntnis all / seiner grausigeren Auswirkungen (Hungersnot oder blaue Pest, / Schlacht oder Belagerung oder Flucht durch eisige Schneemassen), / schrien wir, dieses ganze Volk, / nach Krieg und Blutvergießen; animierten zum Kampf, / für den wir bezahlen wie für etwas, über das man redet, / als Zuschauer und nicht als Kämpfer! Keine Vermutung, / die ein nichtgefühltes Unrecht vorwegnimmt, / keine Spekulation über eine bloße Möglichkeit, / und seien sie noch so ungewiß und vage, sind zu vage und ungewiß, / um nicht die Rechtfertigung für einen Krieg zu liefern; und hinaus / senden wir unsere Aufträge (aufgebläht mit hochtrabenden Präambeln, heiligen Namen / und Beschwörungen des Gottes im Himmel), / Aufträge zum sicheren Tod / von Tausenden und Abertausenden! Jungen und Mädchen / und Frauen, die stöhnen würden, wenn sie sähen, wie ein Kind / einem Insekt die Beine ausreißt, alle lesen vom Krieg, / die beste Unterhaltung bei unserem Morgenmahl! / Der arme Teufel, der seine einzigen Gebete / aus Flüchen gelernt hat, der kaum Worte genug kennt, / um einen Segen von seinem himmlischen Vater zu erbitten, / wird zu einem gewandten Redner, unübertrefflich / und versiert in Siegen und Niederlagen / und all unseren feinen Ausdrücken für Brudermord; / Ausdrücke, die uns glatt über die Zunge gehen / wie reine Abstraktionen, leere Laute, mit denen / wir kein Gefühl und keine Gestalt verbinden! / Als stürbe der Soldat ohne eine Wunde; / als verbluteten die Fasern seines gott-

As if the fibres of this godlike frame
Were gored without a pang; as if the wretch,
Who fell in battle, doing bloody deeds,
Passed off to Heaven, translated and not killed;
As though he had no wife to pine for him,
No God to judge him! Therefore, evil days
Are coming on us, O my countrymen!
And what if all-avenging Providence,
Strong and retributive, should make us know
The meaning of our words, force us to feel
The desolation and the agony
Of our fierce doings?

Spare us yet awhile,
Father and God! O! spare us yet awhile!
Oh! let not English women drag their flight
Fainting beneath the burthen of their babes,
Of the sweet infants, that but yesterday
Laughed at the breast! Sons, brothers, husbands, all
Who ever gazed with fondness on the forms
Which grew up with you round the same fire-side,
And all who ever heard the sabbath-bells
Without the infidel's scorn, make yourselves pure!
Stand forth! be men! repel an impious foe,
Impious and false, a light yet cruel race,
Who laugh away all virtue, mingling mirth
With deeds of murder; and still promising
Freedom, themselves too sensual to be free,
Poison life's amities, and cheat the heart
Of faith and quiet hope, and all that soothes,
And all that lifts the spirit! Stand we forth;
Render them back upon the insulted ocean,
And let them toss as idly on its waves
As the vile sea-weed, which some mountain-blast
Swept from our shores! And oh! may we return
Not with a drunken triumph, but with fear,

ähnlichen Körpers / ohne Schmerz; als ginge der Unglückliche, / der in der Schlacht fiel, in der er blutige Taten vollbrachte, [120] / entrückt und nicht getötet in den Himmel ein; / als hätte er kein Weib, das sich nach ihm sehnte, / keinen Gott, der ihn richten wird! Darum / kommen böse Tage über uns, o meine Landsleute! / Und was ist, wenn die alles rächende Vorsehung, [125] / machtvoll und vergeltend, uns / die Bedeutung unserer Worte erfahren ließe, uns zwänge, / das Elend und die Qual / unserer wilden Taten zu fühlen?

Verschone uns noch eine Weile, / Vater und Gott! Oh! verschone uns noch eine Weile! [130] / Oh! laß nicht zu, daß englische Frauen sich auf der Flucht dahinschleppen / und unter der Last ihrer Kleinen ohnmächtig niedersinken, / ihrer lieben Kinder, die noch gestern / an ihrer Brust lachten! Söhne, Brüder, Gatten, alle, / die ihr je mit Zärtlichkeit auf die Menschen blicktet, [135] / die mit euch am gleichen häuslichen Herd aufwuchsen, / und alle, die ihr je die Sonntagsglocken hörtet / ohne den Hohn der Ungläubigen, macht euch rein! / Tretet vor! Seid Männer! Treibt einen gottlosen Feind zurück, / der gottlos und verräterisch ist, ein leichtfertiges, doch grausames Volk, [140] / das sich mit einem Lachen über alle Tugend hinwegsetzt, während es Heiterkeit / mit Mordtaten vermischt; und während sie immer / die Freiheit versprechen, wo sie doch selbst zu sinnenverhaftet sind, um frei zu sein, / vergiften sie die Freundschaften des Lebens und betrügen das Herz / um Glauben und stille Hoffnung und um alles, was Linderung bringt, [145] / und alles, was den Geist erhebt! Treten wir hervor; / geben wir sie dem beleidigten Ozean zurück / und lassen wir sie auf seinen Wogen so unnütz umhertreiben / wie das abscheuliche Seegras, das ein Sturm aus den Bergen / von unseren Küsten fegte! Und ach! mögen wir zurückkehren [150] / nicht in trunkenem Triumph, sondern in Furcht, / voll Reue über die Ver-

Repenting of the wrongs with which we stung
So fierce a foe to frenzy!

I have told,
O Britons! O my brethren! I have told
Most bitter truth, but without bitterness.
Nor deem my zeal or factious or mistimed;
For never can true courage dwell with them,
Who, playing tricks with conscience, dare not look
At their own vices. We have been too long
Dupes of a deep delusion! Some, belike,
Groaning with restless enmity, expect
All change from change of constituted power;
As if a Government had been a robe,
On which our vice and wretchedness were tagged
Like fancy-points and fringes, with the robe
Pulled off at pleasure. Fondly these attach
A radical causation to a few
Poor drudges of chastising Providence,
Who borrow all their hues and qualities
From our own folly and rank wickedness,
Which gave them birth and nursed them. Others, meanwhile,
Dote with a mad idolatry; and all
Who will not fall before their images,
And yield them worship, they are enemies
Even of their country!

Such have I been deemed. –
But, O dear Britain! O my Mother Isle!
Needs must thou prove a name most dear and holy
To me, a son, a brother, and a friend,
A husband, and a father! who revere
All bonds of natural love, and find them all
Within the limits of thy rocky shores.
O native Britain! O my Mother Isle!
How shouldst thou prove aught else but dear and holy

gehen, durch die wir / einen so grimmigen Feind zur Raserei anstachelten!

Ich habe, / o Briten! o meine Brüder! ich habe / sehr bittere Wahrheiten gesagt, doch ohne Bitterkeit. / Auch haltet meinen Eifer nicht für parteiisch oder zur falschen Stunde vorgebracht; / denn nie kann wahrer Mut bei denen sein, / die ihr Gewissen zu überlisten suchen und nicht wagen, / auf ihre eigenen Laster zu sehen. Wir sind zu lange schon / die Opfer einer schweren Täuschung! Einige wohl, / die in rastloser Feindschaft stöhnen, erwarten / allen Wandel von einem Wandel der etablierten Mächte; / als wäre eine Regierung ein Kleid gewesen, / auf das unsere Lasterhaftigkeit und Erbärmlichkeit geheftet wurden / wie bunte Spitzen und Besatz, die mit dem Kleid / nach Belieben abzulegen sind. Töricht schreiben diese / eine grundsätzliche Urheberschaft einigen wenigen / armen Handlangern der strafenden Vorsehung zu, / die all ihre Schattierungen und Eigenschaften / unserer eigenen Torheit und wuchernden Bösartigkeit entlehnen, / die sie hervorbrachten und nährten. Unterdessen sind andere / vernarrt in verrückte Abgötterei; und alle, / die nicht vor ihren Götzen niederfallen / und ihnen Verehrung erweisen wollen, sie sind Feinde / sogar ihres Vaterlandes!

Dafür hat man mich gehalten. – / Aber, o liebes Britannien! o meine Mutterinsel! / Mußt du dich doch als ein Name erweisen, / der mir, einem Sohn, einem Bruder und einem Freund, / einem Gatten und einem Vater über alles lieb und heilig ist! Der ich / alle Bande der natürlichen Liebe verehre und sie alle / in den Grenzen deiner felsigen Küsten finde. / O heimatliches Britannien! o meine Mutterinsel! / Wie solltest du dich anders als lieb und heilig erwei-

To me, who from thy lakes and mountain-hills,
Thy clouds, thy quiet dales, thy rocks and seas,
Have drunk in all my intellectual life,
All sweet sensations, all ennobling thoughts,
All adoration of the God in nature,
All lovely and all honourable things,
Whatever makes this mortal spirit feel
The joy and greatness of its future being?
There lives nor form nor feeling in my soul
Unborrowed from my country! O divine
And beauteous island! thou hast been my sole
And most magnificent temple, in the which
I walk with awe, and sing my stately songs,
Loving the God that made me! –

May my fears,
My filial fears, be vain! and may the vaunts
And menace of the vengeful enemy
Pass like the gust, that roared and died away
In the distant tree: which heard, and only heard
In this low dell, bowed not the delicate grass.

But now the gentle dew-fall sends abroad
The fruit-like perfume of the golden furze:
The light has left the summit of the hill,
Though still a sunny gleam lies beautiful,
Aslant the ivied beacon. Now farewell,
Farewell, awhile, O soft and silent spot!
On the green sheep-track, up the heathy hill,
Homeward I wind my way; and lo! recalled
From bodings that have well-nigh wearied me,
I find myself upon the brow, and pause
Startled! And after lonely sojourning
In such a quiet and surrounded nook,
This burst of prospect, here the shadowy main,
Dim-tinted, there the mighty majesty

sen / mir, der ich aus deinen Seen und Bergeshöhen, / deinen Wolken, deinen stillen Tälern, deinen Felsen und Meeren / all mein geistiges Leben getrunken habe, / alle süßen Empfindungen, alle edlen Gedanken, / alle Verehrung Gottes in der Natur, / alle schönen und edlen Dinge, / was immer diesen sterblichen Geist / die Freude und die Größe seines zukünftigen Seins fühlen läßt? / Es lebt kein Bild und kein Gefühl in meiner Seele, / das nicht von meinem Vaterlande stammt! O göttliche / und schöne Insel! Du bist schon immer mein einziger / und prächtigster Tempel gewesen, in dem / ich in Ehrfurcht wandle und meine stolzen Lieder singe / und den Gott liebe, der mich schuf! –

Mögen meine Ängste, / meine kindlichen Ängste, müßig sein! Und mögen die Prahlerei / und die Drohung des rachsüchtigen Feindes / vorübergehen wie der Windstoß, der in dem fernen Baum / toste und erstarb: Der in diesem tiefen Tal / gehört und nur gehört wurde und das zarte Gras nicht beugte.

Doch jetzt schlägt sich der milde Tau nieder und verbreitet / den fruchtigen Duft des goldenen Ginsters: / Das Licht hat die Kuppe des Hügels verlassen, / obwohl noch immer voll Schönheit ein Sonnenschimmer / über dem efeubewachsenen Leuchtturm liegt. Nun leb wohl, / leb wohl eine Weile, o sanftes und stilles Fleckchen! / Über die grüne Schaftrift, den mit Heidekraut bedeckten Hügel hinauf / ziehe ich heimwärts meines Weges; und sieh! weggerufen / von Vorahnungen, die mich nahezu erschöpft haben, / finde ich mich auf der Kuppe und halte / betroffen inne! Und nach dem einsamen Aufenthalt / in solch stillem und eingeschlossenem Winkel / trifft mich plötzlich der weite Blick, hier die schattige See, / blaßgefärbt, dort die macht-

Of that huge amphitheatre of rich
And elmy fields, seems like society –
Conversing with the mind, and giving it
A livelier impulse and a dance of thought!
And now, belovéd Stowey! I behold
Thy church-tower, and, methinks, the four huge elms
Clustering, which mark the mansion of my friend;
And close behind them, hidden from my view,
Is my own lowly cottage, where my babe
And my babe's mother dwell in peace! With light
And quickened footsteps thitherward I tend,
Remembering thee, O green and silent dell!
And grateful, that by nature's quietness
And solitary musings, all my heart
Is softened, and made worthy to indulge
Love, and the thoughts that yearn for human kind.

Nether Stowey, April 20, 1798.

The Nightingale

A Conversation Poem, April, 1798

No cloud, no relique of the sunken day
Distinguishes the West, no long thin slip
Of sullen light, no obscure trembling hues.
Come, we will rest on this old mossy bridge!
You see the glimmer of the stream beneath,
But hear no murmuring: it flows silently,
O'er its soft bed of verdure. All is still,
A balmy night! and though the stars be dim,
Yet let us think upon the vernal showers
That gladden the green earth, and we shall find
A pleasure in the dimness of the stars.

volle Erhabenheit / jenes gewaltigen Amphitheaters fruchtbarer / und ulmenbewachsener Felder, und erscheint wie ein Gefährte – / der zur Seele spricht und ihr / einen lebendigeren Impuls und einen Reigen von Gedanken spendet! [220] / Und nun, geliebtes Stowey! erblicke ich / deinen Kirchturm und, ich glaube, die Gruppe der vier gewaltigen Ulmen, / die das Haus meines Freundes kennzeichnen; / und dicht hinter ihnen, meinem Blick verborgen, / ist mein eigenes bescheidenes Häuschen, wo mein Kind [225] / und die Mutter meines Kindes in Frieden wohnen! Mit leichten / und beschleunigten Schritten strebe ich dorthin / und denke an dich, o grünes und stilles Tal! / Und voll Dank, daß durch den Frieden der Natur / und durch einsames Sinnen mein ganzes Herz [230] / besänftigt und würdig geworden ist, / sich der Liebe hinzugeben und den Gedanken, die mit der Menschheit fühlen.

Die Nachtigall

Ein Genre-Gedicht, April 1798

Keine Wolke, kein Rest noch des versunkenen Tages / kennzeichnet den Westen, kein langer, dünner Streif / trüben Lichts, keine dunklen, zitternden Farben. / Komm, wir wollen auf dieser alten, moosbewachsenen Brücke ausruhen! / Du siehst den Schimmer des Flusses unten, [5] / aber hörst kein Rauschen: Er fließt lautlos / in seinem weichen, grünen Bett. Alles ist still, / eine linde Nacht! Und wenn auch die Sterne blaß sind, / laß uns doch an die Frühlingsschauer denken, / die die grüne Erde erfreuen, und wir werden [10] / Freude an der Blässe der Sterne finden. / Und horch! die

And hark! the Nightingale begins its song,
'Most musical, most melancholy' bird!
A melancholy bird? Oh! idle thought!
In Nature there is nothing melancholy.
But some night-wandering man whose heart was pierced
With the remembrance of a grievous wrong,
Or slow distemper, or neglected love,
(And so, poor wretch! filled all things with himself,
And made all gentle sounds tell back the tale
Of his own sorrow) he, and such as he,
First named these notes a melancholy strain.
And many a poet echoes the conceit;
Poet who hath been building up the rhyme
When he had better far have stretched his limbs
Beside a brook in mossy forest-dell,
By sun or moon-light, to the influxes
Of shapes and sounds and shifting elements
Surrendering his whole spirit, of his song
And of his fame forgetful! so his fame
Should share in Nature's immortality,
A venerable thing! and so his song
Should make all Nature lovelier, and itself
Be loved like Nature! But 'twill not be so;
And youths and maidens most poetical,
Who lose the deepening twilights of the spring
In ball-rooms and hot theatres, they still
Full of meek sympathy must heave their sighs
O'er Philomela's pity-pleading strains.

My Friend, and thou, our Sister! we have learnt
A different lore: we may not thus profane
Nature's sweet voices, always full of love
And joyance! 'Tis the merry Nightingale
That crowds, and hurries, and precipitates
With fast thick warble his delicious notes,
As he were fearful that an April night

Nachtigall beginnt ihr Lied, / »höchst musikalischer, höchst melancholischer« Vogel! / Ein melancholischer Vogel? Oh! nichtiger Gedanke! / In der Natur gibt es nichts Melancholisches. / Sondern ein nächtlicher Wanderer, dessen Herz / von der Erinnerung an bitteres Unrecht / oder von schleichender Krankheit oder verschmähter Liebe durchbohrt war / (und der – armer Kerl! – daher alles mit sich selbst erfüllte / und alle sanften Klänge die Geschichte seines eigenen Grams / wiedererzählen ließ) – er, und andere wie er, / haben diese Töne zuerst eine melancholische Weise genannt. / Und mancher Dichter spricht diesen Gedanken nach; / mancher Dichter, der Verse schmiedete, / wenn es doch weit besser gewesen wäre, er hätte seine Glieder / an einem Bach ausgestreckt im moosbewachsenen Waldestal / im Sonnenschein oder Mondlicht und seine ganze Seele / dem Strom der Gestalten und Klänge und den ständig wechselnden Elementen / hingegeben, unbekümmert um sein Lied / und um seinen Ruhm! Dann würde sein Ruhm / an der Unsterblichkeit der Natur teilhaben, / ein ehrwürdig Ding! Und dann würde sein Lied / bewirken, daß die ganze Natur schöner wird und es selbst / so geliebt wird wie die Natur! Doch das wird nicht sein; / und Jünglinge und Mädchen mit poetischem Sinn, / die des Frühlings dunkelnde Dämmerung / in Tanzsälen und heißen Theatern vergeuden, müssen dennoch, / erfüllt von sanftem Mitgefühl, tief aufseufzen / über Philomelas mitleidheischende Weisen.

Mein Freund und du, unsere Schwester! wir haben / ein anderes Wissen gelernt: Wir mögen so nicht / die süßen Stimmen der Natur entweihen, die immer voll von Liebe / und Freude sind! Es ist die fröhliche Nachtigall, / die ihre köstlichen Töne mit schnellem, dichtem Schlagen / drängt und treibt und überstürzt, / als fürchte sie, daß eine

Would be too short for him to utter forth
His love-chant, and disburthen his full soul
Of all its music!
                              And I know a grove
Of large extent, hard by a castle huge,
Which the great lord inhabits not; and so
This grove is wild with tangling underwood,
And the trim walks are broken up, and grass,
Thin grass and king-cups grow within the paths.
But never elsewhere in one place I knew
So many nightingales; and far and near,
In wood and thicket, over the wide grove,
They answer and provoke each other's song,
With skirmish and capricious passagings,
And murmurs musical and swift jug jug,
And one low piping sound more sweet than all –
Stirring the air with such a harmony,
That should you close your eyes, you might almost
Forget it was not day! On moonlight bushes,
Whose dewy leaflets are but half-disclosed,
You may perchance behold them on the twigs,
Their bright, bright eyes, their eyes both bright and full,
Glistening, while many a glow-worm in the shade
Lights up her love-torch.
                                        A most gentle Maid,
Who dwelleth in her hospitable home
Hard by the castle, and at latest eve
(Even like a Lady vowed and dedicate
To something more than Nature in the grove)
Glides through the pathways; she knows all their notes,
That gentle Maid! and oft, a moment's space,
What time the moon was lost behind a cloud,
Hath heard a pause of silence; till the moon
Emerging, hath awakened earth and sky
With one sensation, and those wakeful birds
Have all burst forth in choral minstrelsy,

Aprilnacht / zu kurz sei für sie, um ihr Liebeslied / ertönen zu lassen und ihre volle Seele / von all ihrer Musik zu befreien!

Und ich weiß einen Hain, / der sich weit erstreckt, dicht an einer gewaltigen Burg, / die ihr mächtiger Gebieter nicht bewohnt; und daher / ist der Wald von verschlungenem Gestrüpp durchwuchert, / und die gepflegten Wege sind zerstört, und Gras, / dürres Gras und Hahnenfuß wachsen auf den Pfaden. / Doch ich kannte nirgends sonst eine Stelle, an der es / so viele Nachtigallen gab; und nah und fern, / im Gehölz und im Gebüsch, durch den weiten Wald / antworten sie und fordern sie gegenseitig ihr Lied heraus, / plänkelnd und mit mutwilligen Kapriolen / und wohlklingendem Girren und schnellem Tschag-tschag / und einem gedämpften flötenden Ton, süßer als alle anderen – / sie bewegen die Luft mit solchem Wohlklang, / daß, würdest du die Augen schließen, du fast vergessen könntest, / daß es nicht Tag ist! In mondbeschienenen Büschen, / deren taubedeckte kleine Blätter nur halb entfaltet sind, / kannst du sie vielleicht auf den Zweigen sehen, / ihre hellen, hellen Augen, ihre hellen und vollen Augen, / wie sie glitzern, während so manches Glühwürmchen im Dunkeln / seine Liebesfackel entzündet.

Ein sehr holdes Mädchen, / das in seinem gastlichen Haus wohnt, / dicht bei der Burg, und ganz spät am Abend / (genau wie ein Edelfräulein, das etwas Höherem als der Natur im Walde / geweiht und versprochen ist) / die Pfade entlanggleitet; es kennt all ihre Lieder, / jenes holde Mädchen! und hat oft, nur für einen Augenblick, / wenn der Mond hinter einer Wolke entschwunden war, / einen Moment der Stille gehört; bis der Mond / wieder hervorgekommen ist und Erde und Himmel aufgeweckt hat / mit einem einzigen Gefühl, und jene hellwachen Vögel / alle im Chor in ihren Gesang ausgebrochen sind, / als hätte ein plötz-

As if some sudden gale had swept at once
A hundred airy harps! And she hath watched
Many a nightingale perch giddily
On blossomy twig still swinging from the breeze,
And to that motion tune his wanton song
Like tipsy Joy that reels with tossing head.

Farewell, O Warbler! till to-morrow eve,
And you, my friends! farewell, a short farewell!
We have been loitering long and pleasantly,
And now for our dear homes. – That strain again!
Full fain it would delay me! My dear babe,
Who, capable of no articulate sound,
Mars all things with his imitative lisp,
How he would place his hand beside his ear,
His little hand, the small forefinger up,
And bid us listen! And I deem it wise
To make him Nature's play-mate. He knows well
The evening-star; and once, when he awoke
In most distressful mood (some inward pain
Had made up that strange thing, an infant's dream –)
I hurried with him to our orchard-plot,
And he beheld the moon, and, hushed at once,
Suspends his sobs, and laughs most silently,
While his fair eyes, that swam with undropped tears,
Did glitter in the yellow moon-beam! Well! –
It is a father's tale: But if that Heaven
Should give me life, his childhood shall grow up
Familiar with these songs, that with the night
He may associate joy. – Once more, farewell,
Sweet Nightingale! once more, my friends! farewell.

1798.

licher Windstoß auf einmal / hundert Windharfen angeschlagen! Und es hat beobachtet, / wie manch eine Nachtigall schwindelnd / auf blütenbedecktem Zweig saß, der immer noch vom Windstoß schwankte, / und wie sie auf diese Bewegung ihr übermütiges Lied stimmte, / wie die berauschte Freude, die mit schwankendem Kopf umhertaumelt.

Leb wohl, o Sänger! bis morgen abend, / und ihr, meine Freunde! lebt wohl, ein kurzes Lebewohl! / Lange schon und voll Freude haben wir verweilt, / und jetzt auf zu unserem lieben Daheim. – Wieder jene Weise! / Nur allzugern würde sie mich festhalten! Mein liebes Kind, / das, unfähig zu irgendeinem verständlichen Laut, / alle Dinge mit seinem nachahmenden Lispeln entstellt, / wie würde es seine Hand an sein Ohr legen, / seine kleine Hand, den winzigen Zeigefinger hochgestreckt, / und uns horchen heißen! Und ich meine, es ist weise, / es zum Spielgefährten der Natur zu machen. Es kennt / den Abendstern genau; und einst, als es aufwachte / in einer tief unglücklichen Stimmung (irgendein innerer Schmerz / hatte jene seltsame Erscheinung hervorgerufen, den Traum eines Kindes –), / eilte ich mit ihm zu unserem Obstgärtchen, / und es erblickte den Mond, und, sofort beruhigt, / hört es zu schluchzen auf und lacht ganz leise, / während seine hellen Augen, die in nichtvergossenen Tränen schwammen, / im gelben Mondstrahl glitzerten! Schon gut! – / Das ist die Geschichte eines Vaters: Doch wenn der Himmel / mir Leben schenkt, soll seine Kindheit / vertraut mit diesen Liedern heranwachsen, so daß es mit der Nacht / Freude verbinden möge. – Noch einmal, lebe wohl, / liebe Nachtigall! noch einmal, meine Freunde! lebt wohl.

The Ballad of the Dark Ladié

A Fragment

Beneath yon birch with silver bark,
And boughs so pendulous and fair,
The brook falls scatter'd down the rock:
    And all is mossy there!

And there upon the moss she sits,
The Dark Ladié in silent pain;
The heavy tear is in her eye,
    And drops and swells again.

Three times she sends her little page
Up the castled mountain's breast,
If he might find the Knight that wears
    The Griffin for his crest.

The sun was sloping down the sky,
And she had linger'd there all day,
Counting moments, dreaming fears –
    Oh wherefore can he stay?

She hears a rustling o'er the brook,
She sees far off a swinging bough!
''Tis He! 'Tis my betrothéd Knight!
    Lord Falkland, it is Thou!'

She springs, she clasps him round the neck,
She sobs a thousand hopes and fears,
Her kisses glowing on his cheeks
    She quenches with her tears.

* * * * *

Die Ballade vom dunklen Edelfräulein

Ein Fragment

Unter der Birke dort mit silberner Rinde / und hängenden Zweigen so schön / stürzt der Bach, in einzelne Läufe aufgelöst, den Fels hinunter: / Und alles ist moosbewachsen dort!

Und dort auf dem Moos sitzt sie, / das dunkle Edelfräulein in stillem Schmerz; / die schwere Träne ist in ihrem Auge / und fällt und schwillt aufs neue an.

Dreimal schickt sie ihren kleinen Pagen / die burgbewehrte Seite des Berges hinauf, / ob er den Ritter finden könne, der / den Greif als seinen Helmbusch trägt.

Die Sonne senkte sich nieder am Himmel, / und das Fräulein hatte dort den ganzen Tag verweilt, / die Augenblicke gezählt, von Ängsten geträumt – / oh, warum mag er ausbleiben?

Sie hört ein Rascheln über dem Bach / und sieht in der Ferne einen Zweig, der sich bewegt! / »Er ist es! Es ist mein anverlobter Ritter! / Lord Falkland, du bist es!«

Sie springt auf, sie umklammert seinen Hals, / sie schluchzt viele tausend Hoffnungen und Ängste, / ihre Küsse, die auf seinen Wangen glühen, / löscht sie mit ihren Tränen.

* * * * *

'My friends with rude ungentle words
They scoff and bid me fly to thee!
O give me shelter in thy breast!
O shield and shelter me!

'My Henry, I have given thee much,
I gave what I can ne'er recall,
I gave my heart, I gave my peace,
O Heaven! I gave thee all.'

The Knight made answer to the Maid,
While to his heart he held her hand,
'Nine castles hath my noble sire,
None statelier in the land.

'The fairest one shall be my love's,
The fairest castle of the nine!
Wait only till the stars peep out,
The fairest shall be thine:

'Wait only till the hand of eve
Hath wholly closed yon western bars,
And through the dark we two will steal
Beneath the twinkling stars!' –

'The dark? the dark? No! not the dark?
The twinkling stars? How, Henry? How?'
O God! 'twas in the eye of noon
He pledged his sacred vow!

And in the eye of noon my love
Shall lead me from my mother's door,
Sweet boys and girls all clothed in white
Strewing flowers before:

»Meine Freunde, mit groben, unziemlichen Worten / verspotten sie mich und heißen mich zu dir fliehen! / Oh, gib mir Schutz an deiner Brust! / Oh, schütze und schirme mich!

Mein Henry, ich habe dir viel gegeben, / ich gab dir, was ich niemals zurücknehmen kann, / ich gab mein Herz, ich gab meinen Frieden, / beim Himmel! ich gab dir alles.«

Der Ritter gab dem Mädchen Antwort, / während er ihre Hand an seinem Herzen hielt: / »Neun Burgen hat mein edler Vater, / keine sind stattlicher im ganzen Land.

Die schönste soll meiner Liebsten gehören, / die schönste Burg der neun! / Warte nur, bis die Sterne hervorlugen, / die schönste soll dir gehören:

Warte nur, bis die Hand des Abends / die Schranken im Westen dort ganz geschlossen hat, / und durch die Dunkelheit wollen wir zwei uns stehlen / unter den funkelnden Sternen!« –

»Die Dunkelheit? die Dunkelheit? Nein! nicht die Dunkelheit? / Die funkelnden Sterne? Wie, Henry? Wie?« / O Gott! es war im Angesicht des Mittags, / daß er seinen heiligen Schwur tat!

Und im Angesicht des Mittags / soll mich mein Liebster aus dem Haus meiner Mutter geleiten, / während liebliche Knaben und Mädchen, ganz in Weiß gekleidet, / vor uns Blumen streuen:

But first the nodding minstrels go
With music meet for lordly bowers,
The children next in snow-white vests,
Strewing buds and flowers!

And then my love and I shall pace,
My jet black hair in pearly braids,
Between our comely bachelors
And blushing bridal maids.

* * * * *

1798.

Kubla Khan

Or, A Vision in a Dream. A Fragment.

In Xanadu did Kubla Khan
A stately pleasure-dome decree:
Where Alph, the sacred river, ran
Through caverns measureless to man
Down to a sunless sea.
So twice five miles of fertile ground
With walls and towers were girdled round:
And there were gardens bright with sinuous rills,
Where blossomed many an incense-bearing tree;
And here were forests ancient as the hills,
Enfolding sunny spots of greenery.

But oh! that deep romantic chasm which slanted
Down the green hill athwart a cedarn cover!
A savage place! as holy and enchanted
As e'er beneath a waning moon was haunted
By woman wailing for her demon-lover!
And from this chasm, with ceaseless turmoil seething,

Doch voran schreiten die nickenden Spielleute / mit Musik, wie sie Gemächern hoher Herren geziemt, / die Kinder als nächste in schneeweißen Kleidern, [55] / sie streuen Knospen und Blumen!

Und dann sollen mein Liebster und ich schreiten, / mein kohlschwarzes Haar in perlenbesetzten Flechten, / zwischen unseren ansehnlichen Brautführern / und errötenden Brautjungfern. [60]

* * * * *

Kubla Khan

Oder: Eine Traumvision. Ein Fragment.

In Xanadu ließ Kubla Khan / einen prunkvollen Freudenpalast errichten: / Wo Alph, der heilige Fluß, / durch Höhlen, die dem Menschen unermeßlich sind, / hinunter zu einem sonnenlosen Meer floß. [5] / So wurden zweimal fünf Meilen fruchtbares Land / mit Mauern und Türmen umgeben: / Und es gab Gärten, in denen gewundene Bäche blinkten / und in denen viele weihrauchduftende Bäume blühten; / und hier gab es Wälder, die so alt wie die Berge waren [10] / und die sonnige, grüne Lichtungen umschlossen.

Aber ach! diese tiefe romantische Schlucht, die sich / den grünen Hang hinunter neigte, quer durch einen Zedernwald! / Ein wilder Ort! so heilig und verzaubert / wie nur ein Ort, der unter einem abnehmenden Mond heimgesucht wurde [15] / von einem Weib, das um seinen dämonischen Geliebten klagte! / Und aus dieser Schlucht wurde, in unaufhörlichem

As if this earth in fast thick pants were breathing,
A mighty fountain momently was forced:
Amid whose swift half-intermitted burst
Huge fragments vaulted like rebounding hail,
Or chaffy grain beneath the thresher's flail:
And 'mid these dancing rocks at once and ever
It flung up momently the sacred river.
Five miles meandering with a mazy motion
Through wood and dale the sacred river ran,
Then reached the caverns measureless to man,
And sank in tumult to a lifeless ocean:
And 'mid this tumult Kubla heard from far
Ancestral voices prophesying war!
  The shadow of the dome of pleasure
  Floated midway on the waves;
  Where was heard the mingled measure
  From the fountain and the caves.
It was a miracle of rare device,
A sunny pleasure-dome with caves of ice!

  A damsel with a dulcimer
  In a vision once I saw:
  It was an Abyssinian maid,
  And on her dulcimer she played,
  Singing of Mount Abora.
  Could I revive within me
  Her symphony and song,
  To such a deep delight 'twould win me,
That with music loud and long,
I would build that dome in air,
That sunny dome! those caves of ice!
And all who heard should see them there,
And all should cry, Beware! Beware!
His flashing eyes, his floating hair!
Weave a circle round him thrice,
And close your eyes with holy dread,

Aufruhr kochend, / als atmete die Erde in hastigem, schwerem Keuchen, / eine mächtige Springflut jäh emporgetrieben: / In ihren schnellen, stoßweisen Ausbrüchen / wirbelten riesige Felsblöcke wie prasselnder Hagel / oder wie gedroschenes Korn unter dem Dreschflegel: / Und inmitten dieser tanzenden Felsblöcke, plötzlich und unaufhörlich, / schoß jäh der heilige Fluß empor. / Fünf Meilen, in labyrinthischem und trägem Lauf, / wand sich der heilige Fluß durch Wald und Tal, / dann erreichte er die Höhlen, die dem Menschen unermeßlich sind, / und sank tosend in einen leblosen Ozean hinab: / Und in diesem Tosen hörte Kubla von fern / die Stimmen der Vorväter, die Krieg voraussagten! / Der Schatten des Freudenpalastes / ruhte mitten auf den Wellen, / wo das vermischte Rauschen / der Springflut und der Höhlen zu hören war. / Es war ein Wunder von seltener Kunst, / ein sonniger Freudenpalast mit Höhlen aus Eis!

Ein Mädchen mit einer Harfe / sah ich einst in einer Vision: / Es war ein abessinisches Mädchen, / und es spielte auf der Harfe / und sang vom Berg Abora. / Könnte ich in mir wieder zum Leben bringen / ihr Spiel und ihren Gesang, / würde es mir ein so tiefes Entzücken wecken, / daß ich mit lauter und lang dauernder Musik / diesen Palast in die Luft bauen würde, / diesen sonnigen Palast! diese Höhlen aus Eis! / Und alle, die mich hörten, sollten sie da sehen, / und alle sollten rufen, Gebt acht! Gebt acht! / Seine glühenden Augen, sein wehendes Haar! / Zieht dreimal einen Kreis um ihn / und schließt die Augen in heiliger Furcht, /

For he on honey-dew hath fed,
And drunk the milk of Paradise.

1798.

Something Childish, but very Natural

Written in Germany

If I had but two little wings
  And were a little feathery bird,
    To you I'd fly, my dear!
But thoughts like these are idle things,
      And I stay here.

But in my sleep to you I fly:
  I'm always with you in my sleep!
    The world is all one's own.
But then one wakes, and where am I?
      All, all alone.

Sleep stays not, though a monarch bids:
  So I love to wake ere break of day:
    For though my sleep be gone,
Yet while 'tis dark, one shuts one's lids,
      And still dreams on.

April 23, 1799.

denn er hat sich am Honigtau gelabt / und die Milch des Paradieses getrunken.

Wenn ich ein Vöglein wär

In Deutschland geschrieben

Wenn ich ein Vöglein wär / und auch zwei Flüglein hätt, / flög ich zu dir; / weil's aber nicht kann sein, / bleib ich allhier.

Bin ich gleich weit von dir, / bin ich doch im Schlaf bei dir / und red mit dir; / wenn ich erwachen tu, / bin ich allein.

Es vergeht kein Stund in der Nacht, / da mein Herze nicht erwacht / und an dich gedenkt, / daß du mir vieltausendmal / dein Herze geschenkt.

Westphalian Song

When thou to my true-love com'st
  Greet her from me kindly;
When she asks thee how I fare?
  Say, folks in Heaven fare finely.

When she asks, 'What! Is he sick?'
  Say, dead! – and when for sorrow
She begins to sob and cry,
  Say, I come to-morrow.

? 1799.

Love

All thoughts, all passions, all delights,
Whatever stirs this mortal frame,
All are but ministers of Love,
    And feed his sacred flame.

Oft in my waking dreams do I
Live o'er again that happy hour,
When midway on the mount I lay,
    Beside the ruined tower.

The moonshine, stealing o'er the scene
Had blended with the lights of eve;
And she was there, my hope, my joy,
    My own dear Genevieve!

She leant against the armèd man,
The statue of the armèd knight;
She stood and listened to my lay,
    Amid the lingering light.

Lied an einen Boten

Wenn du bei mein Schätzchen kommst, / sag, ich ließ sie grüßen; / wenn sie fraget, wie mir's geht, / sag: auf beiden Füßen.

Wenn sie fraget, ob ich krank, / sag: ich sei gestorben; / wenn sie an zu weinen fangt, / sag: ich käme morgen.

Liebe

Alle Gedanken, alle Leidenschaften, alle Freuden, / was immer diese sterbliche Gestalt bewegt, / alle sind nur Diener der Liebe / und nähren ihre heilige Flamme.

Oft durchlebe ich in meinen Wachträumen / noch einmal jene glückliche Stunde, / als ich auf halber Höhe des Berges lag / neben dem zerfallenen Turm.

Der Mondschein, der verstohlen über die Szene glitt, / hatte sich mit dem Licht des Abends vermischt; / und sie war da, meine Hoffnung, meine Freude, / meine inniggeliebte Genevieve!

Sie stand, an den Mann in Waffen gelehnt, / das Standbild des bewaffneten Ritters; / sie stand und lauschte meinem Lied / im langsam schwindenden Licht.

Few sorrows hath she of her own,
My hope! my joy! my Genevieve!
She loves me best, whene'er I sing
    The songs that make her grieve.

I played a soft and doleful air,
I sang an old and moving story –
An old rude song, that suited well
    That ruin wild and hoary.

She listened with a flitting blush,
With downcast eyes and modest grace;
For well she knew, I could not choose
    But gaze upon her face.

I told her of the Knight that wore
Upon his shield a burning brand;
And that for ten long years he wooed
    The Lady of the Land.

I told her how he pined: and ah!
The deep, the low, the pleading tone
With which I sang another's love,
    Interpreted my own.

She listened with a flitting blush,
With downcast eyes, and modest grace;
And she forgave me, that I gazed
    Too fondly on her face!

But when I told the cruel scorn
That crazed that bold and lovely Knight,
And that he crossed the mountain-woods,
    Nor rested day nor night;

That sometimes from the savage den,
And sometimes from the darksome shade,

Sie hatte wenig eigene Sorgen, / meine Hoffnung! meine Freude! meine Genevieve! / Sie liebt mich immer dann am meisten, / wenn ich Lieder singe, die sie traurig machen.

Ich spielte eine sanfte und traurige Weise, / ich sang eine alte und rührende Geschichte – / ein altes, schlichtes Lied, das gut / zu jener wilden und altersgrauen Ruine paßte.

Sie lauschte mit einem flüchtigen Erröten, / mit niedergeschlagenen Augen und sittsamer Anmut; / denn sie wußte gut, daß ich nicht anders konnte, / als ihr Antlitz zu betrachten.

Ich erzählte ihr von dem Ritter, / der in seinem Schild ein brennendes Schwert führte; / und daß er zehn Jahre lang / um die Herrin des Landes warb.

Ich erzählte ihr, wie er sich abhärmte: Und oh! / der tiefe, der leise, der flehende Ton, / mit dem ich von der Liebe eines anderen sang, / gab meiner eigenen Ausdruck.

Sie lauschte mit einem flüchtigen Erröten, / mit niedergeschlagenen Augen und sittsamer Anmut; / und sie vergab mir, daß ich / zu liebevoll ihr Antlitz betrachtete!

Doch als ich von der grausamen Verachtung erzählte, / die den kühnen und schönen Ritter in Wahnsinn stürzte, / und daß er die Bergwälder durchzog / und weder Tag noch Nacht ruhte;

daß manchmal aus der wilden Höhle / und manchmal

And sometimes starting up at once
In green and sunny glade, –

There came and looked him in the face
An angel beautiful and bright;
And that he knew it was a Fiend,
This miserable Knight!

And that unknowing what he did,
He leaped amid a murderous band,
And saved from outrage worse than death
The Lady of the Land!

And how she wept, and clasped his knees;
And how she tended him in vain –
And ever strove to expiate
The scorn that crazed his brain; –

And that she nursed him in a cave;
And how his madness went away,
When on the yellow forest-leaves
A dying man he lay; –

His dying words – but when I reached
That tenderest strain of all the ditty,
My faultering voice and pausing harp
Disturbed her soul with pity!

All impulses of soul and sense
Had thrilled my guileless Genevieve;
The music and the doleful tale,
The rich and balmy eve;

And hopes, and fears that kindle hope,
An undistinguishable throng,
And gentle wishes long subdued,
Subdued and cherished long!

aus dem finsteren Schatten / und manchmal, plötzlich auftauchend, / auf der grünen und sonnigen Lichtung, –

ein schöner und leuchtender Engel kam / und ihm ins Antlitz schaute; / und daß er wußte, es war ein böser Geist, / dieser unglückliche Ritter!

Und daß er sich, ohne zu wissen, was er tat, / in eine Bande von Mördern stürzte / und die Herrin des Landes / vor schlimmerer Verletzung als dem Tod rettete!

Und wie sie weinte und seine Knie umfaßte; / und wie sie ihn vergebens pflegte / und sich ständig bemühte, die Verachtung zu sühnen, / die seinen Verstand zerstört hatte; –

und daß sie ihn in einer Höhle umsorgte; / und wie sein Wahnsinn von ihm wich, / als er auf den gelben Blättern des Waldes / als Sterbender lag; –

seine letzten Worte – doch als ich / jene zartesten Klänge des ganzen Liedes erreichte, / rührten meine stokkende Stimme und die zögernde Harfe / ihre Seele im Mitleid!

Alle Regungen der Seele und der Sinne / hatten meine arglose Genevieve aufgewühlt; / die Musik und die traurige Geschichte, / der köstliche und linde Abend.

Und Hoffnungen – und Ängste, die Hoffnung entflammen, / ein unbestimmbares Gedränge, / und zärtliche Wünsche, lang unterdrückt, / unterdrückt und lang gehegt!

She wept with pity and delight,
She blushed with love, and virgin-shame;
And like the murmur of a dream,
    I heard her breathe my name.

Her bosom heaved – she stepped aside,
As conscious of my look she stepped –
Then suddenly, with timorous eye
    She fled to me and wept.

She half enclosed me with her arms,
She pressed me with a meek embrace;
And bending back her head, looked up,
    And gazed upon my face.

'Twas partly love, and partly fear,
And partly 'twas a bashful art,
That I might rather feel, than see,
    The swelling of her heart.

I calmed her fears, and she was calm,
And told her love with virgin pride;
And so I won my Genevieve,
    My bright and beauteous Bride.

1799.

Sie weinte vor Mitleid und Wonne, / sie errötete vor Liebe und jungfräulicher Scham; / und wie das Murmeln eines Traums / hörte ich sie meinen Namen hauchen.

Ihr Busen hob sich – sie trat zur Seite, / als wäre sie sich meines Blickes bewußt – / dann plötzlich, mit ängstlichen Augen, / flüchtete sie sich zu mir und weinte.

Sie schloß mich halb in ihre Arme, / sie drückte mich in sanfter Umarmung; / sie bog ihren Kopf zurück, blickte auf / und schaute mir ins Angesicht.

Es war teils Liebe und teils Furcht, / und teils war es verschämte List, / daß ich das Anschwellen ihres Herzens / eher fühlen als sehen möge.

Ich beruhigte ihre Ängste, und sie war ruhig / und gestand ihre Liebe mit jungfräulichem Stolz; / und so gewann ich meine Genevieve, / meine strahlende und schöne Braut.

Dejection: An Ode

[*Written April 4, 1802*]

> Late, late yestreen I saw the new Moon,
> With the old Moon in her arms;
> And I fear, I fear, my Master dear!
> We shall have a deadly storm.
>
> *Ballad of Sir Patrick Spence.*

I

Well! If the Bard was weather-wise, who made
The grand old ballad of Sir Patrick Spence,
This night, so tranquil now, will not go hence
Unroused by winds, that ply a busier trade
Than those which mould yon cloud in lazy flakes,
Or the dull sobbing draft, that moans and rakes
Upon the strings of this Æolian lute,
Which better far were mute.
For lo! the New-moon winter-bright!
And overspread with phantom light,
(With swimming phantom light o'erspread
But rimmed and circled by a silver thread)
I see the old Moon in her lap, foretelling
The coming-on of rain and squally blast.
And oh! that even now the gust were swelling,
And the slant night-shower driving loud and fast!
Those sounds which oft have raised me, whilst they awed,
And sent my soul abroad,
Might now perhaps their wonted impulse give,
Might startle this dull pain, and make it move and live!

II

A grief without a pang, void, dark, and drear,
A stifled, drowsy, unimpassioned grief,
Which finds no natural outlet, no relief,
In word, or sigh, or tear –

Niedergeschlagenheit: Eine Ode

[*Geschrieben am 4. April 1802*]

> Spät, spät gestern abend sah ich den jungen Mond
> Mit dem alten Mond in seinen Armen;
> Und ich fürchte, ich fürchte, o lieber Herr!
> Wir bekommen einen tödlichen Sturm.
>
> *Die Ballade von Sir Patrick Spence*

I

Nun gut! Wenn der Barde wetterkundig war, der / die große alte Ballade von Sir Patrick Spence gemacht hat, / wird diese Nacht, jetzt so ruhig, nicht vorübergehen, / ohne von Winden aufgewühlt zu werden, die ihr Handwerk eifriger betreiben / als jene, welche die Wolke dort drüben in träge Flocken formen, / oder als der dumpf schluchzende Wind, der auf den Saiten / dieser Äolsharfe klagt und recht, / die weitaus besser stumm wäre. / Denn siehe! der junge Mond winterklar! / Und mit gespenstischem Licht überzogen / (mit verschwommenem, gespenstischem Licht überzogen, / doch gerahmt und umzogen von einem Silberfaden) – / ich sehe den alten Mond in seinem Schoß, der / heraufziehenden Regen und böigen Sturm ankündigt. / Und oh! würde doch gerade jetzt der Wind anschwellen / und der schräg fallende nächtliche Regen laut und schnell treiben! / Jene Klänge, die mich oft erhoben haben, während sie meine Seele / mit Ehrfurcht erfüllten und in die Ferne sandten, / könnten jetzt vielleicht ihren gewohnten Antrieb geben, / könnten diesen dumpfen Schmerz aufrütteln und ihm Bewegung und Leben verleihen!

II

Ein Kummer ohne Schmerz, leer, düster und öde, / ein erstickter, müder, leidenschaftsloser Kummer, / der keine natürliche Befreiung findet, keine Erleichterung / durch Worte oder Seufzer oder Tränen – / o Herrin! in dieser matten und

O Lady! in this wan and heartless mood,
To other thoughts by yonder throstle woo'd,
All this long eve, so balmy and serene,
Have I been gazing on the western sky,
And its peculiar tint of yellow green:
And still I gaze – and with how blank an eye!
And those thin clouds above, in flakes and bars,
That give away their motion to the stars;
Those stars, that glide behind them or between,
Now sparkling, now bedimmed, but always seen:
Yon crescent Moon, as fixed as if it grew
In its own cloudless, starless lake of blue;
I see them all so excellently fair,
I see, not feel, how beautiful they are!

III

My genial spirits fail;
And what can these avail
To lift the smothering weight from off my breast?
It were a vain endeavour,
Though I should gaze for ever
On that green light that lingers in the west:
I may not hope from outward forms to win
The passion and the life, whose fountains are within.

IV

O Lady! we receive but what we give,
And in our life alone does Nature live:
Ours is her wedding garment, ours her shroud!
And would we aught behold, of higher worth,
Than that inanimate cold world allowed
To the poor loveless ever-anxious crowd,
Ah! from the soul itself must issue forth
A light, a glory, a fair luminous cloud

verzagten Stimmung / zu anderen Gedanken durch jene Drossel dort gelockt, / habe ich diesen ganzen langen Abend, der so lind und heiter ist, / in den westlichen Himmel geschaut / und seine seltsam gelblich-grüne Färbung: / Und immer noch schaue ich – und mit welch leerem Blick! / Und jene dünnen Wolken oben, in Flocken und Streifen, / die ihre Bewegung an die Sterne weitergeben; / jene Sterne, die hinter oder zwischen ihnen dahingleiten, / bald funkelnd, bald verdunkelt, doch immerzu gesehen: / Jene Mondsichel, so fest, als wüchse sie / in ihrem eigenen wolkenlosen, sternenlosen See von Blau; / ich sehe sie alle, so herrlich hell, / ich sehe – nicht fühle ich – wie schön sie sind!

III

Meine schöpferischen Kräfte versagen; / und was kann all dies helfen, / die erstickende Last von meiner Brust zu nehmen? / Es wäre ein vergebliches Bemühen, / selbst wenn ich ewig / in jenes grüne Licht blickte, das im Westen verweilt: / Ich darf nicht hoffen, aus äußeren Formen / die Leidenschaft und das Leben zu gewinnen, deren Quellen im Innern sind.

IV

O Herrin! wir empfangen nur, was wir geben, / und einzig in unserem Leben lebt die Natur: / Ihr Hochzeitskleid ist das unsere, ihr Leichentuch das unsere! / Und wollten wir etwas erblicken von höherem Wert, / als jene leblose, kalte Welt / der armen ungeliebten, ewig bangenden Menge zugestand, / oh! so muß aus der Seele selbst / ein Licht, ein Glanz, eine hell strahlende Wolke hervorströmen, / welche

Enveloping the Earth –
And from the soul itself must there be sent
A sweet and potent voice, of its own birth,
Of all sweet sounds the life and element!

V

O pure of heart! thou need'st not ask of me
What this strong music in the soul may be!
What, and wherein it doth exist,
This light, this glory, this fair luminous mist,
This beautiful and beauty-making power.
Joy, virtuous Lady! Joy that ne'er was given,
Save to the pure, and in their purest hour,
Life, and Life's effluence, cloud at once and shower,
Joy, Lady! is the spirit and the power,
Which wedding Nature to us gives in dower
A new Earth and new Heaven,
Undreamt of by the sensual and the proud –
Joy is the sweet voice, Joy the luminous cloud –
We in ourselves rejoice!
And thence flows all that charms or ear or sight,
All melodies the echoes of that voice,
All colours a suffusion from that light.

VI

There was a time when, though my path was rough,
This joy within me dallied with distress,
And all misfortunes were but as the stuff
Whence Fancy made me dreams of happiness:
For hope grew round me, like the twining vine,
And fruits, and foliage, not my own, seemed mine.
But now afflictions bow me down to earth:
Nor care I that they rob me of my mirth;
But oh! each visitation

die Erde umhüllt – / und aus der Seele selbst muß / eine süße und machtvolle Stimme entsendet werden, ihr selbst entstammend, / Leben und Urgrund aller süßen Töne!

V

O, du Herzensreine! du brauchst mich nicht zu fragen, / was diese machtvolle Musik in der Seele sein mag! / Was es ist und worin es besteht, / dieses Licht, dieser Glanz, dieser hell strahlende Schleier, / diese schöne und Schönheit spendende Kraft. / Freude, edle Herrin! Freude, die niemandem je gegeben war / als den Reinen und in ihrer reinsten Stunde, / Leben und sich ergießende Fülle des Lebens, Wolke zugleich und Schauer, / Freude, Herrin! ist der Geist und die Kraft, / welche uns die Natur bei der Hochzeit als Mitgift schenkt, / eine neue Erde und einen neuen Himmel, / wovon die in den Sinnen Befangenen und die Stolzen nie geträumt haben – / Freude ist die süße Stimme, Freude die strahlende Wolke – / wir freuen uns in uns selbst! / Und von dort strömt alles, was Ohr oder Auge bezaubert, / alle Melodien sind ein Echo jener Stimme, / alle Farben eine Überflutung mit jenem Licht.

VI

Es gab eine Zeit, als trotz der Rauheit meines Weges / diese Freude in mir mit dem Kummer spielte / und jedes Unglück nichts als der Stoff war, / woraus die Phantasie mir Träume des Glücks schuf: / Denn Hoffnung wuchs rings um mich wie der rankende Wein, / und Frucht und Blattwerk, nicht mein eigen, schienen mein. / Doch jetzt beugen mich Kümmernisse nieder zur Erde: / Auch macht es mir nichts aus, daß sie mir die Fröhlichkeit rauben; / doch ach! jede

Suspends what nature gave me at my birth,
My shaping spirit of Imagination.
For not to think of what I needs must feel,
But to be still and patient, all I can;
And haply by abstruse research to steal
From my own nature all the natural man –
This was my sole resource, my only plan:
Till that which suits a part infects the whole,
And now is almost grown the habit of my soul.

VII

Hence, viper thoughts, that coil around my mind,
Reality's dark dream!
I turn from you, and listen to the wind,
Which long has raved unnoticed. What a scream
Of agony by torture lengthened out
That lute sent forth! Thou Wind, that rav'st without,
Bare crag, or mountain-tairn, or blasted tree,
Or pine-grove whither woodman never clomb,
Or lonely house, long held the witches' home,
Methinks were fitter instruments for thee,
Mad Lutanist! who in this month of showers,
Of dark-brown gardens, and of peeping flowers,
Mak'st Devils' yule, with worse than wintry song,
The blossoms, buds, and timorous leaves among.
Thou Actor, perfect in all tragic sounds!
Thou mighty Poet, e'en to frenzy bold!
What tell'st thou now about?
'Tis of the rushing of an host in rout,
With groans, of trampled men, with smarting wounds –
At once they groan with pain, and shudder with the cold!
But hush! there is a pause of deepest silence!
And all that noise, as of a rushing crowd,
With groans, and tremulous shudderings – all is over –
It tells another tale, with sounds less deep and loud!

Heimsuchung / lähmt, was die Natur bei der Geburt mir gab, / meine formende Kraft der Imagination. / Denn nicht an das zu denken, was ich gezwungen bin zu fühlen, / sondern still und geduldig zu sein, ist alles, was ich kann; / und vielleicht durch abstruses Forschen / meiner eigenen Natur ganz den natürlichen Menschen zu stehlen – / dies war meine einzige Zuflucht, mein einziger Plan: / Bis das, was einem Teil behagt, das Ganze befällt / und nun beinahe schon zur Gewohnheit meiner Seele geworden ist.

VII

Fort, Schlangengedanken, die ihr meinen Geist umschlingt, / düsterer Traum der Wirklichkeit! / Ich wende mich von euch ab und lausche dem Wind, / der lange schon unbemerkt getobt hat. Welch einen Schrei / der Qual, durch Marter lang hingezogen, / gab jene Harfe von sich! Wind, der du draußen tobst, / ein kahler Fels, ein Bergsee, ein zerstörter Baum, / ein Fichtenwald, wohin der Förster nie geklommen, / ein einsames Haus, lang für der Hexen Unterschlupf gehalten, / wären, meine ich, geeignetere Instrumente für dich, / verrückter Harfenspieler! der du in diesem Monat der Regenschauer, / der düster-braunen Gärten und der hervorlugenden Blumen / der Teufel Julfest feierst, mit schlimmerem als winterlichem Gesang, / zwischen Blüten, Knospen und zaghaften Blättern. / Schauspieler du, in allen tragischen Tönen vollendet! / Du mächtiger Poet, kühn selbst bis zur Raserei! / Wovon erzählst du jetzt? / Von einem in wilder Flucht dahinstürzenden Heer, / mit dem Stöhnen niedergetrampelter Männer, mit schmerzenden Wunden – / zugleich stöhnen sie vor Schmerz und schaudern vor Kälte! / Doch still! eine Pause tiefsten Schweigens! / Und all der Lärm, wie von einer dahinstürzenden Menge, / mit Stöhnen und bebendem Schaudern – alles ist vorüber – / erzählt wird eine andere Geschichte, in Tönen weniger tief und laut! / Eine

A tale of less affright,
And tempered with delight,
As Otway's self had framed the tender lay, –
'Tis of a little child
Upon a lonesome wild,
Not far from home, but she hath lost her way:
And now moans low in bitter grief and fear,
And now screams loud, and hopes to make her mother hear.

VIII

'Tis midnight, but small thoughts have I of sleep:
Full seldom may my friend such vigils keep!
Visit her, gentle Sleep! with wings of healing,
And may this storm be but a mountain-birth,
May all the stars hang bright above her dwelling,
Silent as though they watched the sleeping Earth!
With light heart may she rise,
Gay fancy, cheerful eyes,
Joy lift her spirit, joy attune her voice;
To her may all things live, from pole to pole,
Their life the eddying of her living soul!
O simple spirit, guided from above,
Dear Lady! friend devoutest of my choice,
Thus mayest thou ever, evermore rejoice.

1802.

Hymn before Sun-rise, in the Vale of Chamouni

Besides the Rivers, Arve and Arveiron, which have their sources in the foot of Mont Blanc, five conspicuous torrents rush down its sides; and within a few paces of the Glaciers, the Gentiana Major grows in immense numbers, with its 'flowers of loveliest [liveliest *Friend, 1809*] blue.'

Hast thou a charm to stay the morning-star
In his steep course? So long he seems to pause

Geschichte mit weniger Schrecken / und gemildert durch Freude, / als hätte Otway selbst die zarte Weise gefügt, – / von einem kleinen Kind / in einsamer Wildnis, / nicht weit von zu Hause, doch hat es sich verirrt: / Und jammert bald leise in bitterer Not und Furcht / und schreit bald laut und hofft, seine Mutter wird es hören.

VIII

Es ist Mitternacht, doch denke ich kaum an Schlaf: / Ganz selten möge meine Freundin solche Nachtwache halten! / Suche sie auf, gütiger Schlaf! mit heilenden Schwingen, / und möge dieser Sturm nur die Geburt eines Berges sein, / mögen alle Sterne strahlend über ihrem Haus stehen, / schweigend, als betrachteten sie die schlafende Erde! / Mit leichtem Herzen möge sie aufstehen, / mit frohem Sinn und strahlenden Augen, / Freude erhebe ihren Geist, Freude verleihe ihrer Stimme Klang; / mögen für sie alle Dinge leben von Pol zu Pol, / ihr Leben das Wirbeln ihrer lebendigen Seele! / O unverfälschter Geist, von oben geleitet, / liebe Herrin! innigste Freundin meiner Wahl, / so mögest du immer, immerfort dich freuen.

Hymne vor Sonnenaufgang, im Tal von Chamouni

Außer den Flüssen Arve und Arveiron, die am Fuße des Montblanc entspringen, gibt es fünf bemerkenswerte Sturzbäche, die sich den Berg hinab ergießen; und wenige Schritte von den Gletschern entfernt wächst der Enzian in gewaltigen Mengen, mit seinen »Blüten von lieblichstem [lebhaftestem *Friend, 1809*] Blau«.

Hast du einen Zauber, den Morgenstern / in seiner steilen Bahn aufzuhalten? So lange scheint er / über deinem kahlen,

On thy bald awful head, O sovran BLANC,
The Arve and Arveiron at thy base
Rave ceaselessly; but thou, most awful Form!
Risest from forth thy silent sea of pines,
How silently! Around thee and above
Deep is the air and dark, substantial, black,
An ebon mass: methinks thou piercest it,
As with a wedge! But when I look again,
It is thine own calm home, thy crystal shrine,
Thy habitation from eternity!
O dread and silent Mount! I gazed upon thee,
Till thou, still present to the bodily sense,
Didst vanish from my thought: entranced in prayer
I worshipped the Invisible alone.

Yet, like some sweet beguiling melody,
So sweet, we know not we are listening to it,
Thou, the meanwhile, wast blending with my Thought,
Yea, with my Life and Life's own secret joy:
Till the dilating Soul, enrapt, transfused,
Into the mighty vision passing – there
As in her natural form, swelled vast to Heaven!

Awake, my soul! not only passive praise
Thou owest! not alone these swelling tears,
Mute thanks and secret ecstasy! Awake,
Voice of sweet song! Awake, my heart, awake!
Green vales and icy cliffs, all join my Hymn.

Thou first and chief, sole sovereign of the Vale!
O struggling with the darkness all the night,
And visited all night by troops of stars,
Or when they climb the sky or when they sink:
Companion of the morning-star at dawn,
Thyself Earth's rosy star, and of the dawn
Co-herald: wake, O wake, and utter praise!

ehrwürdigen Haupt zu verweilen, o königlicher MONTBLANC, / Arve und Arveiron zu deinen Füßen / tosen unaufhörlich; doch du, höchst ehrwürdige Gestalt! / steigst empor aus deinem stillen Meer von Kiefern, / wie still! Um dich herum und über dir / ist die Luft tief und dunkel, fest, schwarz, / eine Masse aus Ebenholz: Mir scheint, du durchbohrst sie / wie mit einem Keil! Aber sehe ich wieder hin, / ist sie dein eigenes ruhiges Haus, dein kristallener Schrein, / dein Wohnsitz seit Ewigkeit! / O erhabener und stiller Berg! Ich blickte dich an, / bis du, immer noch den Sinnen gegenwärtig, / aus meinem Denken schwandest: In Andacht entrückt, / betete ich den Unsichtbaren allein an.

Doch wie eine süße, bezaubernde Melodie – / so süß, wir wissen nicht, daß wir ihr lauschen – / vermischtest du dich unterdessen mit meinem Denken, / ja, mit meinem Leben und des Lebens geheimster Freude: / Bis die sich weitende Seele, entzückt, durchdrungen, / in der machtvollen Vision aufgehend – dort / als in ihrer natürlichen Gestalt unermeßlich zum Himmel anschwoll!

Erwache, meine Seele! Nicht nur passives Lob / schuldest du! Nicht allein diese hervorquellenden Tränen, / stummen Dank und verborgene Verzückung! Erwache, / Stimme des süßen Gesangs! Erwache, mein Herz, erwache! / Grüne Täler und eisbedeckte Klippen, stimmt alle in meinen Lobgesang ein.

Du erster und oberster, einziger Herrscher des Tals! / Oh, der du die ganze Nacht hindurch mit der Dunkelheit kämpfst / und die ganze Nacht lang von Sternenscharen aufgesucht wirst, / wenn sie den Himmel erklimmen oder wenn sie versinken: / Gefährte des Morgensterns bei Tagesanbruch, / du selbst der rosige Stern der Erde und Mit-Herold / des Tagesanbruchs: Erwache, o erwache und sage

Who sank thy sunless pillars deep in Earth?
Who filled thy countenance with rosy light?
Who made thee parent of perpetual streams?

And you, ye five wild torrents fiercely glad!
Who called you forth from night and utter death,
From dark and icy caverns called you forth,
Down those precipitous, black, jaggéd rocks,
For ever shattered and the same for ever?
Who gave you your invulnerable life,
Your strength, your speed, your fury, and your joy,
Unceasing thunder and eternal foam?
And who commanded (and the silence came),
Here let the billows stiffen, and have rest?

Ye Ice-falls! ye that from the mountain's brow
Adown enormous ravines slope amain –
Torrents, methinks, that heard a mighty voice,
And stopped at once amid their maddest plunge!
Motionless torrents! silent cataracts!
Who made you glorious as the Gates of Heaven
Beneath the keen full moon? Who bade the sun
Clothe you with rainbows? Who, with living flowers
Of loveliest blue, spread garlands at your feet? –
God! let the torrents, like a shout of nations,
Answer! and let the ice-plains echo, God!
God! sing ye meadow-streams with gladsome voice!
Ye pine-groves, with your soft and soul-like sounds!
And they too have a voice, yon piles of snow,
And in their perilous fall shall thunder, God!

Ye living flowers that skirt the eternal frost!
Ye wild goats sporting round the eagle's nest!
Ye eagles, play-mates of the mountain-storm!
Ye lightnings, the dread arrows of the clouds!
Ye signs and wonders of the element!
Utter forth God, and fill the hills with praise!

Preis! / Wer senkte deine sonnenlosen Pfeiler tief in die Erde? / Wer erfüllte dein Antlitz mit rosigem Licht? / Wer machte dich zum Vater ewiger Ströme?

Und ihr, ihr fünf wilden und ungestüm frohen Sturzbäche! / Wer rief euch hervor aus Nacht und äußerstem Tod, / rief euch hervor aus dunklen und eisigen Höhlen, / jene jähen, schwarzen, zerklüfteten Felsen hinunter, / für immer zerschmettert und für immer dieselben? / Wer gab euch euer unverwundbares Leben, / eure Stärke, eure Schnelligkeit, euer Ungestüm und eure Freude, / unaufhörlichen Donner und ewige Gischt? / Und wer gebot (und es ward Stille), / hier laßt die Wogen erstarren und in Ruhe sein?

Ihr Gletscherfälle! Ihr, die ihr euch mächtig vom Vorsprung des Berges / gewaltige Schluchten hinunter senkt – / Sturzbäche, so scheint mir, die eine machtvolle Stimme gehört haben / und sogleich mitten in ihrem rasendsten Sturz einhielten! / Bewegungslose Sturzbäche! Stumme Wasserfälle! / Wer machte euch herrlich wie die Pforten des Himmels / unter dem durchdringenden Vollmond? Wer hieß die Sonne / euch in Regenbögen kleiden? Wer breitete, mit lebendigen Blumen / von lieblichstem Blau, Girlanden euch zu Füßen – / Gott! laßt die Sturzbäche gleich dem Ruf der Völker / antworten! Und laßt die Eiswüsten widerhallen, Gott! / Gott! singt ihr Wiesenbäche mit frohlockender Stimme! / Ihr Kiefernhaine, mit eurem zarten und seelengleichen Ton! / Und auch sie haben eine Stimme, jene Massen von Schnee dort, / und sollen in ihrem gefährlichen Sturz donnern, Gott!

Ihr lebendigen Blumen, die ihr den ewigen Frost säumt! / Ihr wilden Ziegen, die ihr um des Adlers Horst herumtollt! / Ihr Adler, Spielgefährten des Gebirgssturms! / Ihr Blitze, furchtbare Pfeile der Wolken! / Ihr Zeichen und Wunder der Elemente! / Ruft »Gott« und füllt die Berge mit Lobpreis!

Thou too, hoar Mount! with thy sky-pointing peaks,
Oft from whose feet the avalanche, unheard,
Shoots downward, glittering through the pure serene
Into the depth of clouds, that veil thy breast –
Thou too again, stupendous Mountain! thou
That as I raise my head, awhile bowed low
In adoration, upward from thy base
Slow travelling with dim eyes suffused with tears,
Solemnly seemest, like a vapoury cloud,
To rise before me – Rise, O ever rise,
Rise like a cloud of incense from the Earth!
Thou kingly Spirit throned among the hills,
Thou dread ambassador from Earth to Heaven,
Great Hierarch! tell thou the silent sky,
And tell the stars, and tell yon rising sun
Earth, with her thousand voices, praises GOD.

1802.

The Pains of Sleep

Ere on my bed my limbs I lay,
It hath not been my use to pray
With moving lips or bended knees;
But silently, by slow degrees,
My spirit I to Love compose,
In humble trust mine eye-lids close,
With reverential resignation,
No wish conceived, no thought exprest,
Only a sense of supplication;
A sense o'er all my soul imprest
That I am weak, yet not unblest,
Since in me, round me, every where
Eternal Strength and Wisdom are.

Auch du, weißköpfiger Berg! mit deinen himmelwärts gestreckten Gipfeln, / von deren Fuß aus oft die Lawine ungehört / herunterstürzt, glitzernd durch die klare Heiterkeit / in die Tiefe der Wolken, die deine Brust umhüllen – / auch du, noch einmal, gewaltiger Berg! du, / der du – da ich meinen Kopf erhebe, den ich eine Weile / in Anbetung tief gesenkt hielt, und langsam meine trüben, von Tränen / überströmten Augen von deinem Grund aufwärtswandern lasse – / feierlich wie eine dunstige Wolke / vor mir aufzusteigen scheinst – steige auf, o steige immer auf, / steige auf von der Erde wie eine Weihrauchwolke! / Du königlicher Geist, der zwischen den Hügeln thront, / du erhabener Gesandter der Erde an den Himmel, / großer Hierarch! Sag du dem schweigenden Himmel / und sag den Sternen und sag der aufgehenden Sonne dort, / daß die Erde mit ihren tausend Stimmen GOTT preist.

Die Qualen des Schlafs

Bevor ich die Glieder auf meinem Bett ausstrecke, / ist es nicht meine Gewohnheit, / mit sprechenden Lippen oder gebeugten Knien zu beten; / sondern schweigend, ganz allmählich, / sammle ich meinen Geist zur Liebe hin, / schließe in demütigem Vertrauen meine Augenlider / mit ehrfurchtsvoller Ergebung, / ohne einen Wunsch zu hegen, ohne einen Gedanken zu äußern, / nur in einem Gefühl des bittenden Gebetes; / in einem Gefühl, meiner ganzen Seele eingeprägt, / daß ich schwach bin, doch nicht ohne Segen, / da in mir, um mich, überall / ewige Kraft und Weisheit sind.

But yester-night I prayed aloud
In anguish and in agony,
Up-starting from the fiendish crowd
Of shapes and thoughts that tortured me:
A lurid light, a trampling throng,
Sense of intolerable wrong,
And whom I scorned, those only strong!
Thirst of revenge, the powerless will
Still baffled, and yet burning still!
Desire with loathing strangely mixed
On wild or hateful objects fixed.
Fantastic passions! maddening brawl!
And shame and terror over all!
Deeds to be hid which were not hid,
Which all confused I could not know
Whether I suffered, or I did:
For all seemed guilt, remorse or woe,
My own or others still the same
Life-stifling fear, soul-stifling shame.

So two nights passed: the night's dismay
Saddened and stunned the coming day.
Sleep, the wide blessing, seemed to me
Distemper's worst calamity.
The third night, when my own loud scream
Had waked me from the fiendish dream,
O'ercome with sufferings strange and wild,
I wept as I had been a child;
And having thus by tears subdued
My anguish to a milder mood,
Such punishments, I said, were due
To natures deepliest stained with sin, –
For aye entempesting anew
The unfathomable hell within,
The horror of their deeds to view,
To know and loathe, yet wish and do!

Doch letzte Nacht betete ich laut / in Schmerz und Qual, / fuhr auf aus der teuflischen Schar / von Gestalten und Gedanken, die mich peinigten: / Ein gespenstischer Schein, ein stampfendes Gedränge, / ein Gefühl unerträglichen Unrechts, / und die ich verachtete, sie allein stark! / Ein Durst nach Rache, der machtlose Wille / immer durchkreuzt und doch immer weiterbrennend! / Ein Verlangen mit Abscheu seltsam vermischt, / im Bann wilder und verhaßter Gegenstände. / Phantastische Leidenschaften! Wahnwitziges Gezänk! / Und Schande und Schrecken über allem! / Taten, die zu verbergen wären und nicht verborgen wurden, / bei denen ich – ganz verwirrt – nicht erkennen konnte, / ob ich sie erlitt oder vollbrachte: / Denn alles schien Schuld, Reue oder Leid zu sein, / ob meine eigene oder die anderer, immer dieselbe / lebenserstickende Furcht, seelenerstickende Schande.

So vergingen zwei Nächte: Das Entsetzen der Nacht / betrübte und betäubte den kommenden Tag. / Der Schlaf, der Segen weit und breit, erschien mir / als elendster Zustand der Zerrüttung. / In der dritten Nacht, als mein eigener lauter Schrei / mich aus dem teuflischen Traum geweckt hatte, / weinte ich, von seltsamem und wildem Leid übermannt, / als wäre ich ein Kind; / und nachdem ich so mit Tränen / meine Qual zu einer milderen Stimmung gedämpft hatte, / sagte ich, solche Strafen kommen / Naturen zu, die zutiefst mit Sünde befleckt sind, – / die ewig aufs neue / die unermeßliche Hölle in ihrem Innern anfachen, / um das Grauen ihrer Taten zu sehen, / zu erkennen und zu verabscheuen und doch zu wünschen und zu tun! /

Such griefs with such men well agree,
But wherefore, wherefore fall on me?
To be beloved is all I need,
And whom I love, I love indeed.

1803.

The Garden of Boccaccio

Of late, in one of those most weary hours,
When life seems emptied of all genial powers,
A dreary mood, which he who ne'er has known
May bless his happy lot, I sate alone;
And, from the numbing spell to win relief,
Call'd on the Past for thought of glee or grief.
In vain! bereft alike of grief and glee,
I sate and cow'r'd o'er my own vacancy!
And as I watch'd the dull continuous ache,
Which, all else slumb'ring, seem'd alone to wake;
O Friend! long wont to notice yet conceal,
And soothe by silence what words cannot heal,
I but half saw that quiet hand of thine
Place on my desk this exquisite design.
Boccaccio's Garden and its faery,
The love, the joyaunce, and the gallantry!
An Idyll, with Boccaccio's spirit warm,
Framed in the silent poesy of form.

Like flocks adown a newly-bathéd steep
  Emerging from a mist: or like a stream
Of music soft that not dispels the sleep,
  But casts in happier moulds the slumberer's dream,
Gazed by an idle eye with silent might
The picture stole upon my inward sight.

Solche Schmerzen stehen solchen Menschen wohl an, / doch warum, warum fallen sie auf mich? / Geliebt zu werden ist alles, was ich brauche, / und wen ich liebe, liebe ich wirklich.

Der Garten Boccaccios

Unlängst, in einer jener sehr müden Stunden, / wenn das Dasein aller belebenden Kräfte bar zu sein scheint – / eine trübe Stimmung, wer sie nie gekannt, / darf sich glücklich preisen –, saß ich allein; / und um Erleichterung von dem lähmenden Bann zu erlangen, / rief ich die Vergangenheit an, mir Gedanken der Freude und des Schmerzes zu wecken. / Vergebens! Gleichermaßen des Schmerzes und der Freude beraubt, / saß ich und brütete über meiner eigenen Leere! / Und wie ich den dumpf anhaltenden Schmerz beobachtete, / der, während alles andere schlummerte, allein zu wachen schien, / da, o Freundin! die du lange schon gewohnt bist, das zu sehen und es doch zu verbergen / und durch Schweigen zu lindern, was Worte nicht heilen können, / sah ich nur halb, wie deine ruhige Hand / auf meinen Tisch diese erlesene Skizze legte. / Boccaccios Garten und sein Traumland, / die Liebe, die festliche Freude und der edle Mut! / Eine Idylle, durchwärmt von Boccaccios Geist, / gefaßt in die stille Poesie der Form.

Wie Herden an einem frisch-benetzten Hang herunter / aus dem Dunst auftauchen: oder wie ein Strom / sanfter Musik, die den Schlaf nicht vertreibt, / sondern den Traum des Schlummernden in glücklichere Formen gießt, / so stahl sich, vom müßigen Blick mit stiller Macht geschaut, / das Bild vor mein inneres Auge. / Eine zitternde Wärme erfaßte lang-

A tremulous warmth crept gradual o'er my chest,
As though an infant's finger touch'd my breast.
And one by one (I know not whence) were brought
All spirits of power that most had stirr'd my thought
In selfless boyhood, on a new world tost
Of wonder, and in its own fancies lost;
Or charm'd my youth, that, kindled from above,
Loved ere it loved, and sought a form for love;
Or lent a lustre to the earnest scan
Of manhood, musing what and whence is man!
Wild strain of Scalds, that in the sea-worn caves
Rehearsed their war-spell to the winds and waves;
Or fateful hymn of those prophetic maids,
That call'd on Hertha in deep forest glades;
Or minstrel lay, that cheer'd the baron's feast;
Or rhyme of city pomp, of monk and priest,
Judge, mayor, and many a guild in long array,
To high-church pacing on the great saint's day:
And many a verse which to myself I sang,
That woke the tear, yet stole away the pang
Of hopes, which in lamenting I renew'd:
And last, a matron now, of sober mien,
Yet radiant still and with no earthly sheen,
Whom as a faery child my childhood woo'd
Even in my dawn of thought – Philosophy;
Though then unconscious of herself, pardie,
She bore no other name than Poesy;
And, like a gift from heaven, in lifeful glee,
That had but newly left a mother's knee,
Prattled and play'd with bird and flower, and stone,
As if with elfin playfellows well known,
And life reveal'd to innocence alone.

Thanks, gentle artist! now I can descry
Thy fair creation with a mastering eye,
And all awake! And now in fix'd gaze stand,

sam meine Brust, [25] / als ob der Finger eines Kindes mein Herz anrührte. / Und einer nach dem anderen (ich weiß nicht woher) wurden / alle machtvollen Geister geweckt, die meine Gedanken am stärksten / in selbstvergessener Kindheit bewegt hatten, geworfen in eine neue Welt / des Wunders und an ihre eigenen Phantasiegebilde verloren; [30] / oder die meine Jugend verzauberten, welche, von oben entflammt, / liebte, bevor sie liebte, und eine Gestalt für die Liebe suchte; / oder die einen Glanz verliehen dem ernsten Forschen / des Mannesalters, das darüber nachsann, was und woher der Mensch ist! / Das wilde Lied der Skalden, die in meerzerklüfteten Höhlen [35] / den Winden und Wogen ihr Kriegslied wiederholten; / oder der schicksalsschwere Hymnus jener prophetischen Jungfrauen, / die Hertha anriefen in tiefen Waldeslichtungen; / oder die Weise des Spielmanns, der das gräfliche Festmahl ergötzte; / oder Reime von Stadtgepränge, von Mönch und Priester, [40] / Richter, Bürgermeister und mancher Gilde in langer Reihe, / die zum Hochamt schritten am Festtag des großen Heiligen: / und mancher Vers, den ich mir selber sang, / der die Träne weckte, aber die Qual / der Hoffnungen fortstahl, die ich klagend erneuerte: [45] / und zuletzt eine würdige Frau, jetzt von besonnener Miene, / doch immer noch strahlend und nicht in irdischem Glanz, / die meine Kindheit als ein Feenkind umwarb / selbst schon am Morgen meines Denkens – die Philosophie; / obwohl damals, ihrer selbst noch nicht bewußt, sie wahrlich [50] / keinen anderen Namen trug als Poesie; / und wie eine Gabe des Himmels, in lebensvoller Freude, / ein Kind, gerade erst vom Knie der Mutter gelöst, / mit Vögeln und Blumen und Steinen plapperte und spielte, / als wären sie ihre wohlvertrauten Elfen-Spielgefährten [55] / und als wäre das Leben nur der Unschuld offenbart.

Dank, edler Künstler! Jetzt kann ich / dein schönes Werk mit meisterndem Auge wahrnehmen / und ganz zu Leben erwacht! Und jetzt stehe ich mit fest gerichtetem Blick, /

Now wander through the Eden of thy hand;
Praise the green arches, on the fountain clear
See fragment shadows of the crossing deer;
And with that serviceable nymph I stoop,
The crystal, from its restless pool, to scoop.
I see no longer! I myself am there,
Sit on the ground-sward, and the banquet share.
'Tis I, that sweep that lute's love-echoing strings,
And gaze upon the maid who gazing sings:
Or pause and listen to the tinkling bells
From the high tower, and think that there she dwells.
With old Boccaccio's soul I stand possest,
And breathe an air like life, that swells my chest.
The brightness of the world, O thou once free,
And always fair, rare land of courtesy!
O Florence! with the Tuscan fields and hills
And famous Arno, fed with all their rills;
Thou brightest star of star-bright Italy!
Rich, ornate, populous, – all treasures thine,
The golden corn, the olive, and the vine.
Fair cities, gallant mansions, castles old,
And forests, where beside his leafy hold
The sullen boar hath heard the distant horn,
And whets his tusks against the gnarléd thorn;
Palladian palace with its storied halls;
Fountains, where Love lies listening to their falls;
Gardens, where flings the bridge its airy span,
And Nature makes her happy home with man;
Where many a gorgeous flower is duly fed
With its own rill, on its own spangled bed,
And wreathes the marble urn, or leans its head,
A mimic mourner, that with veil withdrawn
Weeps liquid gems, the presents of the dawn; –
Thine all delights, and every muse is thine;
And more than all, the embrace and intertwine
Of all with all in gay and twinkling dance!

wandere jetzt durch den Garten Eden von deiner Hand; / preise die grünen Bögen, sehe an dem klaren Brunnen / die gebrochenen Schatten des wechselnden Wildes / und beuge mich mit der diensteifrigen Nymphe dort, / um das Kristall aus seinem ruhelosen Teich zu schöpfen. / Ich sehe es nicht mehr! Ich bin selbst dort, / sitze auf dem Rasen und nehme an dem Festmahl teil. / Ich bin's, der die von Liebe widerhallenden Saiten jener Laute schlägt / und das Mädchen anschaut, das schaut und singt: / oder der innehält und den Glocken lauscht, / die vom hohen Turm erklingen, und denkt, daß sie dort wohnt. / Gefangen von der Seele des alten Boccaccio stehe ich / und atme eine Luft wie Leben, die meine Brust dehnt. / Der Glanz der Welt, o du einst freies / und immer schönes, seltenes Land des höfischen Lebens! / O Florenz! mit den toskanischen Feldern und Bergen / und dem berühmten Arno, der sich aus allen ihren Bächen nährt; / du hellster Stern im sternenhellen Italien! / Wohlhabend, geschmückt, volkreich – alle Schätze dein, / das goldene Korn, der Olivenbaum und die Rebe. / Schöne Städte, stattliche Häuser, alte Schlösser / und Wälder, wo neben seinem laubigen Schlupfwinkel / der grimmige Eber das ferne Jagdhorn gehört hat / und seine Hauer an dem knorrigen Dornbusch wetzt; / Palladio-Schloß mit seinen mehrstöckigen Hallen; / Springbrunnen, an denen die Liebe liegt und ihrem Kaskadenfall lauscht; / Gärten, in denen die Brücke ihre luftige Wölbung spannt / und die Natur ihr glückliches Heim beim Menschen errichtet; / wo manch prachtvolle Blume reichlich genährt wird / von ihrem eigenen Bach, in ihrem eigenen geschmückten Beet, / und die Marmorurne umkränzt oder ihren Kopf senkt, / mit der Gebärde einer Trauernden, die mit zurückgeschlagenem Schleier / flüssige Edelsteine weint, die Geschenke der Morgendämmerung; – / dein alle Freuden, und jede Muse ist dein; / und mehr als alles, die Umarmung und das Verschlungensein / von allem mit allem in ausgelassenem und funkelndem Tanz! / Mitten unter den Göttern Grie-

Mid gods of Greece and warriors of romance,
See! Boccace sits, unfolding on his knees
The new-found roll of old Maeonides;
But from his mantle's fold, and near the heart,
Peers Ovid's Holy Book of Love's sweet smart!

O all-enjoying and all-blending sage,
Long be it mine to con thy mazy page,
Where, half conceal'd, the eye of fancy views
Fauns, nymphs, and wingéd saints, all gracious to thy muse!

Still in thy garden let me watch their pranks,
And see in Dian's vest between the ranks
Of the trim vines, some maid that half believes
The vestal fires, of which her lover grieves,
With that sly satyr peeping through the leaves!

1828.

Epitaph

Stop, Christian passer-by! – Stop, child of God,
And read with gentle breast. Beneath this sod
A poet lies, or that which once seem'd he.
O, lift one thought in prayer for S. T. C.;
That he who many a year with toil of breath
Found death in life, may here find life in death!
Mercy for praise – to be forgiven for fame
He ask'd, and hoped, through Christ. Do thou the same!

9th November, 1833.

chenlands und den Rittern der Romanzen, / seht! sitzt Boccaccio und öffnet auf seinen Knien / die jüngst gefundene Rolle des alten Maeonides; / doch aus der Falte seines Mantels und nahe seinem Herzen / lugt Ovids heiliges Buch der süßen Liebesschmerzen hervor!

Oh, alles genießender und alles verbindender Weiser, / lang sei es mir vergönnt, den Irrgarten deines Blattes zu studieren, / wo das Auge der Phantasie, halb verborgen, / Faune, Nymphen und geflügelte Heilige erblickt, alle voller Anmut für deine Muse!

Immer noch in deinem Garten laß mich ihre Possen beobachten / und in Dianas Kleid ein Mädchen zwischen den Reihen / der schmucken Weinstöcke sehen, das halb / dem vestalischen Feuer Glauben schenkt, was ihren Verehrer betrübt, / mit jenem listigen Satyr dazu, der durch die Blätter lugt!

Epitaph

Halt inne, Christ, der du vorübergehst! – Halt inne, du Kind Gottes, / und lies mit frommem Herzen. Unter diesem Rasen / liegt ein Dichter oder das, was er einst zu sein schien. / Oh, erhebe einen Gedanken im Gebet für S. T. C.; / daß er, der manch ein Jahr in der Mühsal seines Atmens / den Tod im Leben fand, hier das Leben im Tod finden möge! / Gnade für Ehre – Vergebung für Ruhm / erflehte und erhoffte er durch Christus. Tue du desgleichen!

Anmerkungen

Sonnet. To the River Otter 18

Der Geburtsort Coleridges, die kleine Kreisstadt Ottery St. Mary in Devonshire, liegt am *Fluß Otter.*

To a Young Ass 18

V. 12: Ein Zitat aus dem Monolog »Sein oder Nichtsein« aus Shakespeares *Hamlet*, III, 1, 74.

Sonnets on Eminent Characters. IX. To William Godwin . . 22

Der Philosoph William *Godwin* (1756–1836) war einer der führenden Vertreter der Radikalen im England der Jahre nach der Französischen Revolution. 1793 veröffentlichte er sein einflußreiches Werk *Enquiry Concerning Political Justice and its Influence on Morals and Happiness*, in dem er, auf rationalistischen Grundsätzen basierend, die bestehenden politischen, gesellschaftlichen und kirchlichen Institutionen analysierte und ihre Umwandlung durch Änderungen im Bewußtsein des einzelnen forderte. Coleridge ist besonders in der Zeit der ›Pantisocracy‹-Pläne, für die *Political Justice* ein Modell lieferte, stark von Godwin beeinflußt worden, wenn sich auch das Verhältnis später aufgrund der Abneigung Coleridges gegen den Godwinschen Rationalismus und Atheismus vorübergehend abkühlte.

V. 3: Das *Scheinbild des Morgens* ist, wie Coleridge in einer Fußnote angibt, die Aurora Borealis, das Polarlicht.

V. 8: Zum Zitat vgl. William Collins' Gedicht »The Passions«, V. 31/32: »Still it [hope] whispered promised pleasure / And bade the lovely scenes at distance hail!«

The Eolian Harp 22

Eine *Äolsharfe* ist ein Musikinstrument, das aus einem Holzkörper und mehreren gleichgestimmten, verschieden dicken Saiten besteht, die vom Wind erregt werden und fremdartige Klänge hervorbringen.

Nach seiner Heirat mit Sara Fricker (Oktober 1795), der Tochter einer verarmten Fabrikantenwitwe, bezogen Coleridge und seine Frau ein kleines Haus in *Clevedon* an der Küste in der

Nähe von Bristol. In den neunziger Jahren des 18. Jahrhunderts haben sich in dieser Landschaft um Bristol viele romantische Dichter wie Coleridge, Wordsworth, Southey und Lovell zusammengefunden.

Monody on the Death of Chatterton 26
Das Gedicht ist von Coleridge über den Zeitraum von 44 Jahren bis zu seiner endgültigen Fassung von 1834 mehrfach verändert und erweitert worden. – Thomas *Chatterton* (1752–70) wurde in Bristol geboren. Er entstammte einer Familie, die seit Generationen das Amt des Küsters an der Kirche St. Mary Redcliffe innehatte. Die Vertrautheit mit der altertümlichen Umgebung und die zeitgenössische Mode der Wiederbelebung des Mittelalters veranlaßten ihn, Gedichte in antiquiertem Stil zu schreiben, die er als Werke des angeblichen Mönchs Thomas Rowley aus dem 15. Jahrhundert veröffentlichte. Nachdem seine Fälschungen entdeckt worden waren und er sich, aller Mittel entblößt, vergeblich um eine sichere berufliche Position bemüht hatte, vergiftete er sich im Alter von 18 Jahren.
V. 36: Edmund *Spenser* (ca. 1552–99) ist einer der bedeutendsten Dichter der englischen Renaissance, der beruflich schwere Enttäuschungen erlebt hat und in materieller Bedrängnis gestorben sein soll. Coleridge sieht in seinem Schicksal eine Parallele zu dem Chattertons.
V. 42: Der Dramatiker Thomas *Otway* (1652–85) ist für Coleridge ein weiteres Beispiel für die zerstörerischen Wirkungen ungünstiger Lebensumstände. Otway starb nach einem wechselhaften Leben voll Entbehrung und Enttäuschung in tiefster Armut. – Das Zitat stammt – mit Abänderungen – aus Shakespeares *King Lear*, III, 4, 29.
V. 44: Der *Avon* fließt durch Bristol. Er ist nicht mit dem durch Shakespeares Geburtsort bekannten Fluß identisch.
V. 47: Die Zeile spielt auf Chattertons »Songe toe Ella« aus den *Rowley Poems* an. Der von Chatterton beschriebene Ella, eine Hauptfigur in seinem Werk, ist nicht historisch. Nach Chatterton lebte er im frühen 10. Jahrhundert und besiegte als Lord des Bristol Castle in verschiedenen Schlachten die hereinbrechenden Dänen (Dacyan foe). Träger des Namens Ella und mögliche Quelle für Chatterton sind drei angelsächsische Könige gewesen.

V. 147: Die Zeilen 140–147 hatte Coleridge ursprünglich als Anfang eines Sonetts »Pantisocracy« vorgesehen, das er einem Brief vom September 1794 an Southey beifügte. Die der »Monody« einverleibte Passage wie auch der letzte Absatz des Gedichts, in dem der *süße Traum* heraufbeschworen wird, beziehen sich auf einen von Coleridge, Southey, George Burnett, Thomas Poole und anderen Freunden im Jahr 1794 ausgearbeiteten Plan, nach den USA auszuwandern und an den Ufern des Susquehannah eine Lebensgemeinschaft mit gleichem Recht und Besitz für alle zu begründen. Das Projekt scheiterte an Geldmangel und an der zunehmenden Entfremdung zwischen Coleridge und Southey, den beiden führenden Mitgliedern der Gemeinschaft.

To the Rev. George Coleridge 40
Von den zehn Kindern, die John Coleridge, Pfarrer und Lehrer in Ottery St. Mary, in zweiter Ehe hatte, war Samuel Taylor das jüngste. Nach dem Tod des Vaters (1781) besorgte der acht Jahre ältere Bruder George die väterliche Betreuung des erst neunjährigen Samuel Taylor, wie dieser dankbar in dem vorliegenden Gedicht (V. 44 ff.) und dem Motto (»Bekannt für seine väterliche Gesinnung gegenüber den Brüdern«) anerkennt. George Coleridge übernahm später das schon vom Vater bekleidete Seelsorge- und Lehramt in Ottery St. Mary. – Mit dem vorliegenden Dedikationsgedicht widmete Coleridge die 2. Auflage seiner Gedichte von 1797 seinem Bruder. Dieser aber nahm Anstoß an einigen Passagen, was Coleridge veranlaßte, einer Abschrift der *Poems* von 1797 die Bemerkung anzufügen: »N. B. If this volume should ever be delivered according to its direction, *i. e.* to Posterity, let it be known that the Reverend George Coleridge was displeased and thought his character endangered by the Dedication.«
V. 26: Der *Manzanillo* ist ein mittelamerikanischer Baum, der apfelähnliche Früchte und ätzenden, sehr giftigen Saft liefert. Sein unscheinbares Aussehen, das über seine Gefährlichkeit hinwegtäuscht, bildet die Grundlage für den Vergleich.
V. 32: Der *Freund* ist Thomas Poole (1765–1837), ein Gerbereibesitzer, den Coleridge zur Zeit der ›Pantisocracy‹-Pläne kennenlernte. Poole hatte sich als Autodidakt ein breites literarisches und politisches Wissen angeeignet und fühlte sich von dem

Coleridge-Kreis angezogen. Als freigiebiger Freund unterstützte er Coleridge oft in finanziellen Schwierigkeiten und ließ ihm auch gegen Ende 1796 ein kleines Haus in Nether Stowey (in Somerset, nahe Bridgwater) neben seinem Haus bauen, worauf sich Coleridge in dem Gedicht bezieht.

This Lime-tree Bower my Prison 46

Charles *Lamb* (1775–1834), der Schulfreund Coleridges, ist vor allem durch seine *Essays of Elia* bekannt geworden.

Die in der vorausgeschickten Erklärung erwähnten *Freunde*, die Coleridge in seinem Haus in Nether Stowey besuchten, waren Charles Lamb, William Wordsworth und dessen Schwester Dorothy. Coleridge konnte sie nicht begleiten, da ihm seine Frau versehentlich kochende Milch über die Füße gegossen hatte.

V. 32: Aufgrund eines Sprachfehlers war Lamb der erstrebte Beruf eines Geistlichen versagt geblieben, und er mußte sich mit dem Posten eines Kontoristen in London zufriedengeben. Hierauf sowie auf seine bescheidenen finanziellen Verhältnisse und die Sorge um seine zeitweilig geistesgestörte Schwester spielen die Zeilen an.

V. 74: Coleridge sah sich veranlaßt, die ungewöhnliche Vorstellung des *knarrenden* Flugs der Krähe in einer Fußnote zu erläutern. Danach entsteht das Geräusch durch die gegenseitige Reibung der Federn, was an die knarrenden Fugen eines Schiffes auf stürmischer See erinnert.

The Rime of the Ancient Mariner 50

Die Ballade, das bekannteste Werk Coleridges und eines der berühmtesten Gedichte der englischen Literatur, entstand in der kurzen Phase gemeinsamer schöpferischer Tätigkeit mit William und Dorothy Wordsworth in Somerset (1797/98) und eröffnete die anonym herausgegebene Sammlung der *Lyrical Ballads* (1798). Das Gedicht ist direkt und indirekt einer vielfältigen Tradition und zahlreichen Quellen verpflichtet, so z. B. den Reise- und Südseegeschichten, den Heiligenlegenden, der Sage vom Totenschiff und dem Mythos des Ewigen Juden. Hinzu kommt das in der Zeit Coleridges moderne Gefühl für die Heiligkeit der Natur sowie der Hang zum Schauerlich-Unheimlichen. Zu den Quellen und Einflüssen vgl. J. L. Lowes, *The Road to Xanadu: A Study in the Ways of Imagination.* Cambridge/Mass., ²1930. Die Marginalien fügte Coleridge später hinzu. Ihr Zweck ist sicherlich, Informationen zu geben, die der Dichter im Gedicht selbst nicht vermitteln konnte oder wollte. Darüber hinaus sollen sie den Eindruck vager Altertümlichkeit erwecken, denn erklärende Randbemerkungen erinnern an alte Bücher. – Das Gedicht ist in Deutschland u. a. in einer zum Teil freien Übersetzung von Ferdinand Freiligrath, illustriert mit Bildern von Gustav Doré, 1925 in München veröffentlicht worden. – Die vom Herausgeber stammende Übersetzung ist mit freundlicher Genehmigung des August Bagel Verlags Düsseldorf abgedruckt aus K. H. Göller (Hrsg.), *Die englische Lyrik. Von der Renaissance bis zur Gegenwart*, Bd. 1. Düsseldorf, 1968, 309–318; dort findet sich auch eine Interpretation des Gedichts (318–331).

Christabel 96

Das Gedicht, das zuerst 1816 zusammen mit »Kubla Khan« und »The Pains of Sleep« veröffentlicht wurde, ist Fragment geblieben, und es kann, wie auch Wordsworth vermutete, angenommen werden, daß Coleridge über den Ausgang keine endgültigen Vorstellungen hatte. Den ersten Teil schrieb er nach seinen eigenen Angaben 1797 in Nether Stowey, den zweiten in Keswick in Cumberland nach seiner Rückkehr aus Deutschland. Die Verzögerung, mit der das Gedicht infolge der schleppenden Bearbeitung erschien, veranlaßte Coleridge, in einem Vorwort dem Vorwurf des Plagiats, insbesondere der Nachahmung von Scott und Byron, zu begegnen. Dort weist er außerdem auf ein in »Christabel« neu angewandtes metrisches Prinzip hin, das nicht auf der Zählung von Silben, sondern von Akzenten beruht; während im üblichen Vers betonte und unbetonte Silben nach einem festgelegten Schema aufeinanderfolgen, ist im Vers von »Christabel« nur die Anzahl der Akzente bestimmt, und zwar vier je Zeile; die Anzahl der unbetonten Silben schwankt zwischen sieben und zwölf. Ohne es zu erwähnen oder zu wissen, greift Coleridge damit das Prinzip der altgermanischen Langzeile auf. – A. H. Nethercot hat in *The Road to Tryermaine*. New York, 1962, 163–177, zusammenfassend dargestellt, welche Quellen Coleridge für die Namenswahl der Figuren benutzt hat. Er führt die *Reliques of Ancient English Poetry* (1765) von Thomas Percy, William Hutchinsons *The*

History of the County of Cumberland, and some places adjacent (1794) und T. R. Nashs *Collections for the History of Worcestershire* (1781/82) an und weist nach, daß Coleridge sowohl die Namen von historischen Personen wie die von fiktiven Figuren übernommen hat.

Zu den lokalen Angaben vgl. ebenfalls Nethercot, *Tryermaine*, 177–181. Einen Teil der Orte lernte Coleridge selbst auf einer im Herbst 1799 mit William Wordsworth und dessen Bruder John unternommenen Tour durch den Lake District kennen (Bratha Head, Wyndermere, Langdale Pike, Witch's Lair, Dungeon-ghyll, Borodale); die Angaben, welche die an der Grenze zu Schottland liegende Burg Lord Rolands betreffen (Tryermaine, Irthing flood, Knorren Moor, Halegarth Wood), entnahm er Hutchinsons *History of the County of Cumberland*.

Die letzten Zeilen des Fragments sind nicht eindeutig zu interpretieren. Anscheinend geht es Coleridge hier um das Verhältnis von Gut und Böse, von Liebe und Haß in der menschlichen Natur. Freuds Einsicht in die Ambivalenz der Gefühle vage vorwegnehmend, beschreibt er eine dem Sadismus naheliegende Verschmelzung von schmerzlichen und angenehmen Gefühlen. »In einer Welt von Sünde«, so impliziert der Schlußabschnitt mit dem abwehrenden *O Schmerz und Schande, wäre dieses wahr*, scheint sich die Liebe nicht nur in Worten ungewollter Bitterkeit äußern zu können, Zorn und Pein scheinen sogar die vorherrschenden Gefühle zu sein, von denen die Intensität der Liebe abhängt oder gar erst hervorgerufen wird.

Fire, Famine, and Slaughter 138

Die *Vendée* war zur Zeit der Revolution das Zentrum des katholisch-royalistischen Widerstands gegen das republikanische Frankreich. 1793 gab die Levée en masse den endgültigen Anstoß zum Aufstand der unter der Führung von Adligen und Royalisten stehenden Bauern, dessen Beendigung erst Napoleon gelang.

V. 19: Hiermit ist William Pitt d. J. gemeint, der eigentliche Führer der europäischen Koalitionen gegen Frankreich. Die massiven Beschuldigungen, die Coleridge gegen Pitt erhebt, sind sicherlich ungerechtfertigt. Zwar lehnte Pitt, unter dem sich in England die Entwicklung vom aristokratischen zum liberalen

Staat maßgeblich vollzog, den in Frankreich durchgeführten Bruch mit der Geschichte als Verleugnung britischen Wesens strikt ab; doch zumindest im Anfangsstadium der Revolution zielte seine Politik des »peace, retrenchment, and reform« nicht auf kriegerischen Eingriff, so daß das Urteil, er sei der Aggressor gewesen, nur als polemische Attacke zu verstehen ist.
V. 46: Das mit der Frage der Katholiken-Emanzipation verbundene irische Problem war für Großbritannien durch die revolutionären Impulse aus Frankreich noch dringender geworden. In den neunziger Jahren kam es zur Bildung radikaler Befreiungsbewegungen, die in Verbindung mit französischen Invasoren auf einen Massenaufstand hinarbeiteten. Verschiedene regionale Revolten wurden jedoch niedergeschlagen.

Frost at Midnight 142
V. 15: Wie Coleridge in einer Fußnote zu *film* angibt, wird der Schleier über dem Feuerrost in Teilen Englands »Fremder« genannt (vgl. auch V. 26). Die Bezeichnung ergibt sich aus der symbolischen Bedeutung, die dem Schleier zuerkannt wird: Er soll die baldige Ankunft eines abwesenden Freundes ankündigen.
V. 52: Nach dem Tod seines Vaters (1781) verließ Samuel Taylor Ottery St. Mary und besuchte in den folgenden neun Jahren die Waisenschule Christ's Hospital in London.

France: An Ode 148
V. 21: Wie andere junge Dichter seiner Zeit, so hatte auch Coleridge die Französische Revolution zu ihrem Beginn begrüßt. Ausdruck dieser Haltung sind z. B. seine Angriffe auf Pitt (vgl. »Fire, Famine, and Slaughter«, S. 138) oder der Plan der ›Pantisocracy‹ (vgl. »Monody on the Death of Chatterton«, S. 26).
V. 31: Im ersten Koalitionskrieg standen Österreich und Preußen nach der Kriegserklärung der Gesetzgebenden Versammlung an Österreich (April 1792) gegen das revolutionäre Frankreich. Erst nach der Hinrichtung Ludwigs XVI. (Januar 1793) und der Besetzung Belgiens durch Frankreich, womit die Sicherung der englischen Gegenküste gefährdet war, trat England in den Krieg ein (Februar 1793).
V. 46: Coleridge bezieht sich auf den Vernunftkult (»Blasphemy's loud scream«) und auf die Radikalisierung der Revolution

(»all the fierce and drunken passions«), die sich nach dem Sieg der Bergpartei über die Gironde in der Errichtung einer straffen Diktatur und dem eigentlichen Terror der Guillotine manifestierte.

V. 66: Im März 1798 folgte im Zuge des französischen Ausgreifens auf dem Kontinent die Intervention in der Schweiz und die Errichtung der Helvetischen Republik.

Fears in Solitude 154

Coleridge schrieb das Gedicht am 20. April 1798 in Nether Stowey, zu einer Zeit also, da eine allgemeine Invasion Englands durch die Franzosen befürchtet wurde. Die Gefahr bestand vom Oktober 1797, als mit dem Frieden von Campoformio Österreich aus dem Krieg gegen Frankreich ausschied, bis zum Mai des folgenden Jahres, als die französische Armee zur Ausschiffung gegen England bereitstand, dann aber nach Ägypten gesandt wurde.

V. 48: Das Bild der *Pestwolke aus Kairos Sümpfen*, das für den britischen Expansionsdrang steht, erhielt für Coleridges Zeitgenossen möglicherweise einen aktuellen Bezug durch die damaligen Aktivitäten der Engländer in Ägypten gegen Napoleon.

V. 91: Die *blaue Pest* ist keine besondere Art der Pest; vielmehr wird die Farbe Blau im Englischen häufig mit dem Tod assoziiert.

V. 223: Vgl. hierzu die Anmerkung zu V. 32 von »To the Rev. George Coleridge«.

The Nightingale 168

Die englische Gattungsbezeichnung *conversation poem* bezeichnet ebenso wie die hier gewählte deutsche Übersetzung eine nicht genau bestimmte, von der Literaturkritik unterschiedlich interpretierte Art von Gedichten, zu denen gewöhnlich »The Nightingale«, »This Lime-tree Bower my Prison«, »The Eolian Harp«, »Frost at Midnight«, »Fears in Solitude« und – mit Einschränkungen – »Dejection: An Ode« gerechnet werden. Vgl. z. B. George Watson, *Coleridge the Poet.* London, 1966, 61–84.

V. 13: Das Zitat stammt aus Miltons »Il Penseroso«, V. 61: »[Sweet bird, that shunn'st the noise of folly,] / Most musical, most melancholy!« Coleridge durfte erwarten, daß ein großer Teil der Leserschaft seiner Zeit die Anspielung auf die Nachtigall als ein Zitat von Milton erkennen konnte. Er selbst zählte Milton neben Shakespeare und Wordsworth zu den bedeutendsten englischen Dichtern und wies in einer Fußnote zu diesem Vers dem Milton-Wort einen Rang zu, der nur mit dem eines Bibelzitats vergleichbar sei.

V. 40: Hiermit sind William Wordsworth und seine Schwester Dorothy gemeint, die im Sommer 1797 nach Alfoxden unweit von Nether Stowey zogen, um in der Nähe ihres neuen Freundes zu wohnen.

V. 82: Vgl. Anmerkung zu »The Eolian Harp«.

The Ballad of the Dark Ladié 176

Die betont altertümliche Ausdrucksweise des Titels wie auch die balladeske Form des Gedichts entsprechen dem mittelalterlich-romantischen Stoff, den Coleridge in diesem Fragment behandelt. Das Interesse an einem vage konturierten und romantisch mißverstandenen Mittelalter hatte sich in der zweiten Hälfte des achtzehnten Jahrhunderts in England mehr und mehr ausgebreitet. So hat denn auch Coleridge des öfteren Stoffe aus diesem Bereich verwendet, wie z. B. bei den in dieser Sammlung aufgenommenen Gedichten »The Rime of the Ancient Mariner«, »Christabel« und »Love«. Der thematische Zusammenhang dieser Gedichte wird auch durch die zeitliche Nähe ihrer Entstehung bekräftigt.

Kubla Khan 180

»Kubla Khan«, in derselben Zeit wie der »Ancient Mariner« entstanden, ist erst 1816 zusammen mit »Christabel« und »The Pains of Sleep« veröffentlicht worden. Coleridge hat in seinem Vorwort von 1816 das Gedicht ein Fragment genannt und eine eindrucksvolle Entstehungsgeschichte mitgeliefert, die »Kubla Khan« als vages Traumgebilde charakterisiert: Nach der Lektüre von *Purchas His Pilgrimage* (1626), wo er einen Satz über Kubla Khan und seinen Palast gelesen habe, sei er unter Einwirkung einer schmerzstillenden Droge (Opium) in einen tiefen Schlaf gesunken, in dem ihm die Bilder des Gedichts mit ihren sprachlichen Äquivalenten als Vision erschienen seien; er habe sie nach Erwachen sofort niedergeschrieben, doch sei er von einem Mann aus der Nachbarschaft (»a person on business from Porlock«) gestört worden, so daß nur noch wenige Fragmente in seinem Gedächtnis verblieben seien. Diese Darstellung Coleridges ist aufgrund neuerer Untersuchungen mit Vorbehalten aufzunehmen. Die innere Kohärenz des Gedichts, die auch den Fragmentcharakter zweifelhaft erscheinen läßt, die Berücksichtigung des literarischen Topos des Opiumtraums sowie andere von Coleridge gegebene Entstehungsversionen legen nahe, daß »Kubla Khan« durchaus ein Produkt ordnenden Bewußtseins und künstlerisch-rationalen Schaffens ist. Dafür spricht auch die Verankerung in der literarischen Tradition der Zeit, die in einer betonten Hinwendung zum Orient eine breite Fülle von Quellen für »Kubla Khan« lieferte. Bei deren Auswahl spielte für Coleridge Genauigkeit keine Rolle, so daß die gebrauchten Eigennamen häufig und sehr verschieden interpretiert werden konnten. – Die vom Herausgeber stammende Übersetzung ist mit freundlicher Genehmigung des August Bagel Verlags Düsseldorf entnommen aus: K. H. Göller (Hrsg.), *Die englische Lyrik. Von der Renaissance bis zur Gegenwart.* Bd. 1. Düsseldorf, 1968, 351 f.; dort findet sich auch eine Interpretation des Gedichts (352–361).

Something Childish, but very Natural 184
Coleridge hat vielerlei Beziehungen zum deutschen Geistesleben und zur deutschen Literatur gehabt, wie z. B. aus seinen Übersetzungen ins Englische (u. a. Schillers *Wallenstein*) hervorgeht. »Something Childish, but very Natural« wie auch der folgende »Westphalian Song« sind keine wörtlichen Übersetzungen; vielmehr bemüht sich Coleridge, den volksliedhaften Stil nachzuahmen, so daß es gelegentlich zu Abweichungen vom deutschen Originaltext kommt. – Der deutsche Text des vorliegenden Volksliedes stammt aus *Des Knaben Wunderhorn.* Alte Deutsche Lieder, gesammelt von L. Achim von Arnim und Clemens Brentano. Vollständige Ausgabe nach dem Text der Erstausgabe von 1806–08. München o. J., 157.

Westphalian Song 186
Der deutsche Originaltext ist die älteste Lesart des weitverbreiteten »Liedes an einen Boten«, das in mehreren Sammlungen als »Westfälischer Volkstanz« aus dem Jahr 1767 überschrieben

ist. Er ist entnommen aus Erk-Böhme, *Deutscher Liederhort.* Bd. 2. Wiesbaden, 1963, 331.

Love 186
Vgl. Anmerkung zu »The Ballad of the Dark Ladié«.

Dejection: An Ode 194
Motto: Vgl. die von Percy überlieferte Ballade »Sir Patrick Spens« in *English and Scottish Popular Ballads*, ed. from the Collection of Francis James Child, by Helen Child Sargent and George Lyman Kittredge. Boston, o. J., No. 58.
V. 7: Vgl. Anmerkung zu »The Eolian Harp«.
V. 25: Die »Dejection Ode« erschien zuerst am 4. Oktober 1802, dem Hochzeitstag William Wordsworths, in der *Morning Post.* Die Ode entstand aus einer Versepistel, die Coleridge sechs Monate vorher an die von ihm unglücklich geliebte Sara Hutchinson gerichtet hatte und im Prozeß der Umformung Mitte Juli 1802 Wordsworth widmete. In der Odenversion vom Oktober ist die Anrede »Sara« durch »Edmund« ersetzt; in der endgültigen Fassung des Gedichts in den *Sibylline Leaves* von 1817 erscheint das anonyme *Lady.* Vgl. zur Entstehungsgeschichte des Gedichts Alfred Weber, »Samuel Taylor Coleridge, *Dejection: An Ode.* Eine entstehungsgeschichtliche Betrachtung«, *Versdichtung der englischen Romantik*, hrsg. von T. A. Riese und D. Riesner Berlin, 1968, 211–224.
V. 120: Zu *Otway* vgl. die Anmerkung zu V. 42 von »Monody on the Death of Chatterton«.
V. 121 ff.: Diese Zeilen beziehen sich auf Wordsworths »Lucy Gray; or, Solitude« in teilweise wörtlicher Anlehnung.
V. 129: Die *Geburt eines Berges* ist eine Anspielung auf das horazische »Parturiunt montes, nascetur ridiculus mus« (»Gewaltig kreißen die Berge, zur Welt kommt ein lächerliches Mäuschen«).

Hymn before Sun-rise, in the Vale of Chamouni 202
Coleridge, der nie in Chamonix gewesen ist, schrieb die Hymne nach einer Tour durch den Lake District; letztlich hervorgegangen ist sie jedoch aus einer Übersetzung des folgenden Gedichts von Friederike Brun, das in der zweibändigen Ausgabe der Gedichte Coleridges, *The Complete Poetical Works of Samuel*

Taylor Coleridge, ed. by Ernest Hartley Coleridge. Oxford, 1962, II, 1131, abgedruckt ist:

Chamouny beym Sonnenaufgange
(Nach Klopstock.)

Aus tiefem Schatten des schweigenden Tannenhains
Erblick' ich bebend dich, Scheitel der Ewigkeit,
Blendenden Gipfel, von dessen Höhe
Ahndend mein Geist ins Unendliche schwebet!

Wer senkte den Pfeiler tief in der Erde Schooss,
Der, seit Jahrtausenden, fest deine Masse stützt?
Wer thürmte hoch in des Aethers Wölbung
Mächtig und kühn dein umstrahltes Antlitz?

Wer goss Euch hoch aus des ewigen Winters Reich,
O Zackenströme, mit Donnergetös' herab?
Und wer gebietet laut mit der Allmacht Stimme:
»Hier sollen ruhen die starrenden Wogen«?

Wer zeichnet dort dem Morgensterne die Bahn?
Wen kränzt mit Blüthen des ewigen Frostes Saum?
Wem tönt in schrecklichen Harmonieen,
Wilder Arveiron, dein Wogengetümmel?

Jehovah! Jehovah! Kracht's im berstenden Eis:
Lawinendonner rollen's die Kluft hinab:
Jehovah Rauscht's in den hellen Wipfeln,
Flüstert's an rieselnden Silberbächen.

The Friend in der vorausgeschickten Erklärung ist eine von Coleridge herausgegebene Zeitschrift, die ursprünglich vom Juni 1808 bis zum März 1810 erschien und später mehrfach in Buchform neu aufgelegt wurde. Coleridge druckte die »Hymne vor Sonnenaufgang«, die zuerst in der *Morning Post* 1802 veröffentlicht worden war, in Nr. 11 des *Friend* vom 26. Oktober 1809 ab. »Liveliest« statt »loveliest« erschien aber nicht, wie in der einleitenden Bemerkung fälschlicherweise angegeben, im *Friend* von 1809, sondern in der Neuauflage von 1812. Vgl. *The Collected Works of Samuel Taylor Coleridge. 4. The Friend*, ed. by B. E. Rooke, II. London, 1969, 156–158.

The Garden of Boccaccio 212

V. 11: Die *Freundin* ist Mrs. Maria Gillman, die Frau eines Londoner Arztes, der Coleridge 1816 in sein Haus aufgenommen hatte. Der Dichter blieb bis an sein Lebensende bei den Gillmans; er fand dort nach langen Jahren physischer und seelischer Krankheit Ruhe und Stetigkeit und Heilung von seiner Opiumsucht.

V. 14: Das Gedicht erschien 1829 in London als Begleittext zu einem Stich des Malers Thomas Stothard in *The Keepsake for 1828*, ed. F. M. Reynolds. Ein Vergleich mit dem Stich zeigt, daß Coleridge nur in den Versen 57 bis 70 eine genaue Beschreibung des Bildes gibt. Alles andere ist Produkt seiner Phantasie.

V. 46–51: Die Vorstellungen, die Coleridge hier entwickelt, waren im achtzehnten Jahrhundert sehr geläufig und beeinflußten auch die Literaturtheorien der Romantiker. Sie gehen auf Lehren zurück, die sich bis ins Altertum zurückverfolgen lassen, nach denen die Entwicklung des einzelnen Menschen der Menschheitsentwicklung im allgemeinen entspricht. Im Bereich der Ästhetik baute vor allem die sogenannte Ursprungstheorie darauf auf: Wie nach ihr während der Kindheitsphase der Menschheit die Poesie herrscht, um vom reifen, durch Philosophie bestimmten Alter abgelöst zu werden, sieht sie auch für den einzelnen Menschen die Imagination und ihre Werke als Vorstufen des philosophischen Geistes.

V. 84: Andrea *Palladio* (1508–80) war ein italienischer Baumeister der Renaissance, der als Architekt vor allem in Vicenza und Venedig wirkte. Der auf ihn zurückgehende Stil ist von strenger Klarheit und rhythmisch bewegt durch Säulen, die meist durch mehrere Geschosse laufen. Er war in England sehr verbreitet.

V. 98: Der Name *Maeonides* wird gelegentlich auf Homer angewendet, weil dieser aus Maeonia, d. h. Lydien, stammen soll. Boccaccio nahm für sich in Anspruch, wie Coleridge in einer Fußnote anmerkt, das Werk Homers seinen Landsleuten nahegebracht zu haben. Tatsächlich hat sich Boccaccio, gemeinsam mit Petrarca, um die Wiederbelebung der lateinischen und griechischen Studien sehr bemüht. Er veranlaßte auch die erste vollständige Übersetzung der im Mittelalter in Vergessenheit geratenen Werke Homers ins Lateinische.

V. 100: Hiermit ist Ovids *Ars Amatoria* gemeint.

Inhalt

Englische Literatur zweisprachig (englisch / deutsch) in Reclams Universal-Bibliothek

---

Altenglische Lyrik. Ausgewählt und herausgegeben von Rolf Breuer und Rainer Schöwerling. 7995-97

Samuel Beckett: Embers. A play for radio / **Aschenglut.** Ein Hörspiel. Deutsche Übertragung von Erika und Elmar Tophoven. Mit einem Nachwort von Heinrich Vormweg. 7904

Samuel Taylor Coleridge: Gedichte. Übersetzt und mit einer Einleitung herausgegeben von Edgar Mertner. 9484-86

Emily Dickinson: Gedichte. Ausgewählt und übertragen von Gertrud Liepe. Mit einem Nachwort von Klaus Lubbers. 7908-10

Englische Barockgedichte. Ausgewählt, herausgegeben und kommentiert von Hermann Fischer. 9315-19/19a

Englische Sonette. Ausgewählt und übersetzt von Gisbert Kranz. 8372-74

Everyman / Jedermann. Übersetzt und mit einem Nachwort von Helmut Wiemken. 8326

Gerard Manley Hopkins: Gedichte. In der Übersetzung von Ursula Clemen und Friedhelm Kemp mit einem Nachwort herausgegeben von Wolfgang Clemen. 9440-42

Washington Irving: Rip van Winkle. Übertragen und herausgegeben von Walter Pache. 9368

Philipp Reclam jun. Stuttgart